나는,
파일럿

나는,
파일럿

캡틴 JK의 진짜 조종사 이야기

김지웅 지음

지식인하우스

◉ 차례

프롤로그 ··· 008

Chapter 1 조종사는 어떤 사람일까?

내일 또 LA 3박 4일 비행이다 ··· 013
조종사는 철밥통이지!? ··· 018
코로나19에 짓밟힌 조종사들 ··· 022
조종사는 억울하다 ··· 027
한 달에 겨우 요 정도 일한다고? ··· 033
나는 조종사가 되기에 적격인가? ··· 037
조종사는 얼마나 받나 ··· 043
조종사를 바라보는 사람들의 시각 ··· 048
작은 비행기 VS 큰 비행기 ··· 052
직업의 특별함 ··· 055

Chapter 2 조종사 연봉이 1억이 넘는 이유

기장이 가져야 하는 자격증들 … 061

계속되는 교육, 훈련, 심사 … 066

부기장으로 항공사에 입사한다는 것 … 069

험악한 비행 환경 … 074

조종사의 스케줄 … 080

조종사의 가족으로 살기 … 086

기장과 부기장 … 092

조종사의 사명감 … 098

두려움 … 104

내 급여의 3배를 주는 나라 … 118

Chapter 3 조종사도 사람입니다

조종사도 실수를 한다 … 129

비행 훈련을 떠나다 … 135

훈련 환경의 변화 … 139

교관에 맞서지 말라 … 147

겸손하게 비행하라 … 153

완장을 차다 … 160

정말 마지막이 될 뻔한 가족 여행 … 165

사랑합니다 … 170

조종사가 궁금하십니까 … 176

조종사도 사람입니다 … 190

Chapter 4 인생에 두 번 정도는 올인합시다

엉뚱하게 조종사의 길로 들어섰지만 … 199
효자 아들의 첫 불효? … 206
내 인생 두 번째 올인 … 209
전보를 아십니까? … 218
제 어머니가 확실합니다 … 222
에어버스 330 부기장, 보잉 737 기장이 되다 … 226
새로운 비행을 시작하다 … 233

Chapter 5 조종사를 꿈꾸시나요?

조종사가 된 걸 후회한 적이 있다 … 239
조종사의 자격이란 … 246
조종사가 되는 법 … 254
항공업계는 앞으로 … 263
지금 학생이신가요? … 268

에필로그 … 272

I Am a Pilot

여러분 안녕하십니까. 기장 김지웅입니다.

저는 1997년 부기장으로 시작해 현재까지 28년째 민항기 조종사로 비행하고 있는 기장입니다. 기장으로서 보낸 시간을 글로 남기게 되어 영광스럽게 생각합니다. 처음 조종사가 되겠다고 결심했던 순간이 떠오릅니다. 다소 늦은 시기에 조종사의 길로 들어섰다고 생각했지만, 지금까지 저와 잘 맞는 직업을 만나 감사한 마음으로 살아가고 있습니다.

1990년대 말, 하루가 멀다 하고 항공 사고 소식이 들려오던 시기가 있었습니다. 그런 소식이 들릴 때마다 두려움과 상실감에 힘이 빠지기도 했습니다. 불가능할 것 같았던 국내 항공 안전은 점차 회복되었고, 이제는 세계적으로도 높은 수준의 안전도를 인정받을 만큼 성장해 왔습니다.

비행기를 처음 타는 승객들은 약한 난기류에도 두려움을 느낍니다. 이에 조종사들은 조금이라도 덜 흔들리도록 세심한 노력을 기울입니다. 항공 기술 역시 눈부시게 발전하며, 항공기는 더욱 튼튼하고 쾌적하게 만들어지고 있습니다. 인공위성을 비롯한 각종 항법 장비도 더욱 정밀해지며 안정성이 높아졌습니다. 그러나 항공기와 공항, 항공 시설 등 인간이 만든 시설과 장비들이 완벽할 수는 없습니다. 또한, 악기상이나 조류 활동과 같은 자연 현상에도 영향을 받습니다. 이런 모든 변수에 맞서 조종사는 오늘도 승객들의 안전을 위해 최선을 다하고 있습니다.

지난 27년 동안 15,000시간이 넘는 비행을 하며 전 세계 수많은 곳을 다녔습니다. '베테랑 조종사'라는 말은 흔히 경험이 많고 실력이 뛰어난 조종사를 뜻합니다. 하지만 조종간을 놓는 그날까지, 모든 조종사는 단 한 번 있을지도 모를 최악의 상황에서 승객을 지켜내기 위해 모든 것을 걸어야 하는 존재일 뿐입니다.

여러분께서 조종사를 신뢰하고 비행기에 탑승하시는 만큼, 저 역시 보다 안전하고 편안한 비행을 제공할 수 있도록 최선을 다하겠습니다. 무엇보다 지난 비행의 기록을 이렇게 책으로 인사드릴 수 있어 영광이고 조금은 서툴 수 있으나 제 글이 독자 여러분께 "조종사"라는 직업을 멋지게 소개할 좋은 기회가 될 수 있었으면 좋겠습니다.

저는 캡틴 JK입니다

chapter 1

조종사는
어떤 사람일까?

내일 또 LA
3박 4일 비행이다

나는 보잉 사의 최신형 여객기 787을 조종하는 대형기 기장이다. 4년 전 직장을 옮겼고, 요즘 제일 자주 가는 곳은 LAX, 바로 로스엔젤레스다.

익숙하지 않은 기분으로 글을 쓰고 있지만 내일도 비행을 위해 인천공항으로 나가야 한다. 글을 쓰기 시작하면서 더 깊게 내 직업에 대해 생각해 본다. '파일럿에게 가장 중요한 것은 무엇일까?' 질문은 거창한 것 같지만 답은 생각보다 단순하다. 항공사 승무원에게 시간 엄수는 더없이 중요하다. 늘 시간 확인으로 시작해서, 시간 엄수로 끝난다고 해도 과언이 아닐 정도다. 자주 가는 곳이라도 혹시 바뀌었을지 모르는 회사 출근 시간은 최소한 전날 두 번, 세 번 체크하는 버릇이 생겼다.

"자기야, 내일 오전에 시간 돼?"

나는 대부분 버스로 출근한다. 집 앞에 공항버스가 없는 관계로, 차로 15분 거리에 있는 정류장까지 데려다주는 건 늘 아내의 몫.

"그럼! 내가 비워놨다고 했잖아."

다음 달 스케줄이 새로 나오면 자기에게 먼저 보내라고 하는 이유다. 내가 비행가는 날은 가급적 비워두려는 아내를 보면 항상 고맙다.

"아이고. 이제 짐을 또 싸볼까나."

장거리 조종사들은 짐을 최소 두 개 이상 들고 다닌다. 비행 가방은 늘 같은 것들이 들어 있으니 여권과 각종 면허증 그리고 태블릿이 제자리에 있는지만 확인하면 끝. 무식하게 두껍고 무거웠던 여러 권의 비행 매뉴얼이 모두 얇은 태블릿에 쏙 들어가 있으니 얼마나 편한지. 사실 뭐 하나 중요하지 않은 것이 없지만, 특히 여권은 조종사나 승무원에게도 절대 잊어선 안 되는 제1의 필수 소지품.

그럼 이제 레이오버 백을 챙겨 볼까? 조종사와 승무원들은 어디 가서 하루 이상 자고 오는 비행을 그렇게 부른다. 레이오버 비행.

"속옷 챙겼고, 티셔츠는 반팔이겠지, 당연히?"

그래도 혹시 모르니 얼른 인터넷을 찾아본다. 간혹 우리나라 날씨만 생각하고 옷을 챙겨 갔다가 낭패를 본 적이 있기 때문에 반드시 목적지 날씨를 확인하는 습관이 생겼다.

"어, 최저 17도? LA가? 무슨 일이래."

역시 확인하길 잘했다. 들어 있던 반팔티 위에 긴팔티 하나를 옷장에서 꺼내 포개 넣는다. 일반인들이 조종사나 승무원들에게 궁금한 것 중 하나가 바로 가방이라고 들었다. 여행 가는 사람들의 가방도 제각각이듯 조종사, 승무원 가방도 별다르진 않다. 다만 공통적인 게 있긴 하다. 바로 운동화와 가벼운 먹거리.

조종사나 승무원들은 구두를 신고 일을 하기 때문에 체류지에서 신고 다닐 운동화나 아니면 적어도 슬리퍼 정도의 신발은 따로 가방에 항상 넣고 다닌다. '먹거리는 왜? 좋은데 가서 나가 사 먹으면 되지, 뭘 귀찮게?' 사실 그 귀찮음이 이유일 때가 대부분이다.

승무원들의 체류는 2박, 3박 정도로 긴 경우도 있긴 하지만 24시간 이하만 체류하고 돌아오는 레이오버 비행이 많다. 시차와 낮밤이 바뀌는 환경에 늘 노출되어 있는 비행기 승무원들에게 하루의 휴식이 그리 긴 건 아니다. 결국 정말 피로할 때는 "계속 잠만 자다 나왔어요."라고 말하는 승무원들도 있다. 그러니 씻고 나가서 뭔가를 사 먹는다는 행위 자체가 매우 귀찮게 느껴질 때도 있는 법. 간단한 과자나 라면부터 심지어 휴대용 조리 기구까지 가지고 다니는 승무원들도 있다. 하지만 미국은 가방 안의 먹거리에 대해 관대한 편은 아니다. 아니 매우 까다롭다.

육류 반입에 대한 관리가 철저하기 때문에 음식 중에 육류가 조금이라도 들어 있는 음식은 원칙적으로 휴대가 안 된다. 그러니 가장 선호하는 휴대 음식인 컵라면이 일단 대부분 반입 불가 음식이다. 어떤 때는 운이 좋게 무사통과되기도 하지만 정말 까다로운 입국심사관을 만나면 가방을 뒤집어서 나오는 음식의 성분을 일일이 번역기로 확인하기도 한다. 한 번 반입 금지 식품이 걸리기라도 하면 이후 6개월 정도는 미국 어디를 들어가더라도 나만 콕 집어 샅샅이 가방 검사를 한다. 그래서 난 미국 비행 가는 가방엔 절대 라면을 넣지 않는다. 그냥 비스킷 몇 개와 물에 타 먹는 단백질 음료 정도.

이제 잘 시간. 사람들은 조종사나 승무원들이 수면 관리에 있어서 철저하고 프로처럼 잘한다 생각한다. 그런 패턴이 몸에 배어 있을 테고, 늘 잘 관리해야 하니까. 하지만 아이러니하게도 가장 어렵고 잘 안되는 것 중 하나가 바로 잠이다.

아침 6시, 역시 생각보다 일찍 잠이 깨 버렸다. 늘 하는 일인데도 비행 있는 날은 항상 신경이 쓰이다 보니 알람이 울릴 때까지 잠을 푹 자는 경우가 드물다.

"잘 다녀와. 오늘도 안비즐비~!"

공항버스 정류장에서 아내가 늘 하는 말, 안전한 비행. 즐거운 비행!

오늘도 난 인천공항으로 출근한다.

조종사는
철밥통이지!?

　항공운항학과나 공군사관학교를 나오지 않은 나는 대학 졸업 때까지 일반인(?)으로 살아왔다. 내가 조종사가 된 이야기는 다시 다루겠지만 24년 살아오면서 조종사가 되겠다는 꿈을 품어본 적도 없었다. 다행스러운 일이 되어 버렸지만 그리 좋아하지 않았던 대학 전공을 포기하고 기분 좋게 돌아설 수 있는 기회를 찾은 건 정말 인생 최대의 행운이 아니었나 싶다.

　1995년 가을, 나는 3달에 걸친 전형을 통과해 '대한항공 조종 훈련생'이라는 자격으로 비행 생활을 시작했다. 1년

반의 비행 훈련을 무사히 마친 나는 드디어 1997년 여름, 민항기 부기장으로 임명을 받았다. 실제로 기종을 부여받고 또 그 기종의 훈련을 마치고 난 이듬해 봄 나는 '진짜 부기장'이 되었다.

1997년 말, 우리나라는 큰 위기에 직면한 때였다. IMF, 외환 위기라고 불리던 그 시절 주변 친구들은 일자리를 구하지 못하거나 심지어 취업한 회사에서 들어가자마자 쫓겨나거나 무급휴직을 당했다. 내가 이과 출신이라서 그런 이유도 있었지만 정말 나는 그때를 정확히 기억하지 못한다 아니 어쩌면 IMF라는 게 어떤 건지도 잘 모르고 지나간 것 같다. 운이 좋게도 내가 입사해 미국에서 기초 비행 훈련을 받던 1996년에는 적게나마 월급을 받으며 비행 훈련을 했고, 이미 회사의 선택을 받아 조종 훈련생으로 입사했었기에 그저 훈련에만 집중할 수 있었다.

2001년 IMF가 해제되고 나서야 나는, "아, 이 직업…. 정말 잘 선택했구나. 나쁘게 들릴 수도 있겠지만 소신 발언을 하자면 공무원만 철밥통이 아니라 여기도 철밥통이네."

"라떼는 말야." 시절의 용어 중 하나인 철밥통. 요즘도 쓰는지 모르겠지만 다양한 직업군 중에서 매우 안정적인,

소위 직장에서 잘릴 일이 거의 없다는 말로, 그 당시 대표적인 직군에 공무원이 있었다. 비행에만 전념하며 시대의 이런저런 어려움에 무뎌진 나는 2008년 미국발 세계 금융 위기 때조차 강 건너 불구경하듯, "국제 금융 위기래." 하며 철밥통 직업을 스스로 찬양하며 뭐랄까. 조금은 이기적인 삶을 살고 있었다.

사실 그런데 조종사라는 직업을 "파리 목숨"으로 비유하던 선배들도 있었다. 내가 대학에서 전공하던 걸 포기하려던 때, 많은 고민을 하며 이미 조종사의 길을 걷던 몇몇 선배들을 만나게 되었는데, "조종사, 쉽게 보지 마. 이거 파리 목숨이야. 운행하다 스치기라도 하면 그냥 아웃이야….", "왜 이 길로 오려는 거야? 만만치 않은데."

소위 한 가지에 꽂히면 좀 파고드는 성격이라 선배들의 그런 조언이 크게 와닿지는 않았다. 가끔 그런 때 있지 않은가. 이미 마음속으로 정해놓고, "이거 어때?"라고 확인하는 그런 순간.

지금까지 27년 비행 생활을 해보니 선배의 그 말이 완전히 틀린 말은 아니란 생각이 문득 든다. 어느 직종이나 실수를 저지르면 그에 상응하는 대가가 따르지만, 조종사는 이야기가 조금 다르다. 민항기에 적게는 1백여 명부터 초대형 여객기인 에어버스 A380 같은 녀석은 승객을 400명 정도 수용하기도 한다. 또한 1대당 가격도 상상을 초월하는 수천억 단위다.

다른 운송 수단을 절대 폄하하는 건 아니지만, 아무래도 많은 승객과 화물을 수송하는 초고가의 장비이다 보니 실수에 대한 처벌의 수위도 남다르다. 인명이나 기체의 손상이 없더라도 절차의 위반만으로 심하면 몇 주의 비행 정지처분을 받기도 한다. 그렇게 되면 조종사로서의 명예뿐 아니라 자격 정지를 당했던 기간만큼 당연히 급여도 삭감이되기 때문에 꽤나 치명적으로 받아들이곤 한다.

사실 지금까지 지상 접촉이나 기타 사고로 인해 조종사의 길을 떠난 사람들을 종종 보긴 했지만, 조종사가 더 이상 철밥통이 아니란 걸 증명한 녀석은 따로 있었다.

코로나19에 짓밟힌
조종사들

내가 중국 모 항공사를 떠나 한국으로 돌아온 2020년 1월.

"아빠, 이것 좀 봐. 좀비 영화 같아. 중국이래."

처음 TV에서 코로나를 목격한 순간이었다. 길거리를 걸어가던 사람이 맥 없이 쓰러지는 장면을 본 나는 섬뜩했다. 하지만 그때까진 몰랐다 철밥통 조종사들에게 어떤 고난의 시대가 열릴지.

신종 플루나 조류 인플루엔자처럼 곧 끝날 것이라는 사람들의 예상을 비웃기라도 하듯 코로나19의 공격은 어마어마했다. 전 세계 국가들의 문이 닫히기 시작했고, 쉴 새

없이 하늘을 날아다니던 비행기들이 하늘 자리를 잃어갔다. 무서웠다. 더구나 나는 이제 막 문을 열고 발을 내디디는 신생 항공사에 입사했기에 처음 맛보는 그 공포감은 상상 이상이었다.

"곧 백신이 나올 거고, 길어야 1년이면 끝날 거야."

모든 사람의 바람이 그랬듯, 조종사들 역시 같은 생각, 아니 길어질 수도 있다는 가정을 받아들일 수 없었다. 정확히 말해 아직도 끝이 난건 아니지만, 대략 3년이라는 시간 동안 코로나는 항공업계를 이른바 쑥대밭으로 만들어버렸다.

그 와중에 일부 대형사들은 코로나 기간 운항하지 못하는 여객기를 세워두고, 대신 화물 전용기를 열심히 돌려 피해가 상대적으로 적었다. 제한된 비행기에 전 세계 화물의 물동량은 오히려 늘어 항공 화물 운송 비용은 치솟고, 이에 큰 매출을 달성하기도 했다. 물론 땅에 주저앉아 있던 대부분의 여객기 유지에 대한 비용 그리고 그 조종사들의 기본 급여 지급으로 꽤 많은 비용이 지출되다 보니 무급휴직으로 돌아가며 운영하던 항공사도 적지는 않았다. 그래도 화물 전용기를 많이 보유한 일부 대형 항공사들엔 그리 나쁘지만은 않은 시기였다. 반면 대형사라 하더라도 화물 전용기가 많지 않던 항공사는 많은 지상 직원과 조종사들을 무기한 쉬게 할 수밖에 없었고 심지어, "쉬는 동안 다른 일을 해도 좋고, 그만둬도 좋다. 복직 여부는 확실하지 않으며, 시기도 알 수 없다."라고 얘기하는 외국의 대형 항공사도 있었다. 표현이 다를 뿐 쉽게 말해 해고를 당한 거와 다를 게 없는 상황이었다.

국내선과 일본, 중국, 동남아 승객을 위주로 하던 국내 저비용 항공사들의 모습은 어땠을까. '노재팬'의 영향으로 매출이 주춤하긴 했어도 조종사가 쉬는 일은 없던 그곳은 이른바 전면 휴업. 꽤나 상승세가 매서웠던 몇몇 국내 저비용 항공사들은 그간 벌어온 돈으로 버티며 임차해 온 비행기들을 하나둘 반납하기 시작했다. 당연히 많은 직원과 조종사들은 자연스레 무급휴직에 들어갔고 모두가 뼈를 깎는 고통의 시간이 시작되었다.

특히나 중국 등 외항사에 있다가 코로나의 직격탄을 바로 맞은 조종사들은 비행을 시작한 이후로 가장 쓰라린 시절을 보내야만 했다. 택배기사, 대리기사, 청소, 공사장 일 등 평생 비행기만 몰아온 40, 50대 조종사들이 갑자기 할 수 있는 일은 많지 않았다. 심지어 귀농을 심각하게 고민하는 이들도 있었다는 후문. 그뿐이 아니었다. 노재팬 이전부터 서서히 시작되었다고 할 수 있는 소위 비행 낭인들이 대거 속출했다.

'비행 낭인'이란, 조종사 자격증을 취득하고도 조종사로 취업을 하지 못한 예비 조종사들을 일컫는 항공업계의 은어. 선배 조종사로 쓰기조차 미안한 단어가 되어 버렸다. 정확한 통계수치는 없지만 지금도 수천에 달한다고 알려져 있다.

운이 좋다고 해야 할까? 비교적 늦게 중국행 비행기를 탔던 나는 4년이었던 중국 항공사와의 계약을 채우지 못하고 2년 만에 스스로 퇴직 요청을 했다. 생각지 못한 개인 사정이 생기면서 아내와 고민 끝에 내린 어려운 결정이었다. 그렇게 귀국하고 2주 후에 코로나가 터졌으니, "아니, 코로나 터질 줄 알고 있었던 거냐?", "돗자리 깔아라!" 등 주변 지인들이 놀라지 않을 수 있었겠는가 말이다. 계약대로 중국에 계속 머물렀다면 아마도 몇 년은 비행을 하지 못했을 것이고, 어쩌면 애매한 나이에 걸려 아예 다른 일을 하고 있었을지도 모른다. 실제로 예전 대형사 시절 함께 비행하던 동료 조종사들 중 일부는 외항사로 나갔다가 귀국한 뒤 결국 재취업이 되지 못해 전혀 다른 길을 걷고 있다는 안타까운 소식이 들리곤 한다.

외환 위기 IMF에도, 글로벌 금융 위기에도 끄떡없던, 나만 잘하면 영원히 안전(?)할 것 같았던 조종사도 결국 코로나라는 재앙 앞에 철저히 무너지고 만 것이다. 요즘 나는 향후 항공업계의 방향성과 본인의 진로를 결정하는데 있어 전문가로서의 생각을 묻는 학생이나 그 부모님들을 꽤나 자주 접하고 있다. 그에 대한 나의 대답에 가장 서두로 전제하는 말이 있다.

"앞으로 코로나와 같은 대악재가 다시 오지 않는다는 가정하에."라고.

조종사는
억울하다

"자동으로 해놓고 편하게 쉬면서. 참 좋은 직업이야.", "요즘 비행기는 자기가 알아서 다해. 조종사가 필요한가 싶어.", "한 달에 겨우 80시간 일하고 돈은 그렇게 많이 받으면서…."

조종사로 살면서 가장 많이 듣는 비아냥 섞인 말들이다. 세상엔 무수히 많은 다양한 직업들이 있지만 간혹 제삼자의 이야기에 억울함을 느낄 때가 꽤 있다. 아니 어쩌면 가장 사람들이 쉽게 입에 올리며 소위 '까기 좋아하는 직업'

중 으뜸이 '파일럿'이 아닐까 싶기도 하다.

자동차도 반자율 주행 기술이 도입되면서 첨단 기술들이 소개되는 요즘, 일반 사람들에게 특별한(?) 교통수단으로 인식되는 비행기는 '자동'이라는 단어도 뭔가 다르게 느껴지는 듯하다. 비행기, 특히 민항에서 사용되는 보잉, 에어버스 등의 제트 항공기들은 사실 '자동화'가 굉장히 잘 되어 있다.

'오토 파일럿' 전기차의 대표 브랜드인 테슬라에서 반자율 주행 장치를 일컫는 용어로 요즘엔 그리 낯선 단어는 아니다. 오토 파일럿은 원래 비행기에서 사용하는 용어다. 비행기가 이륙을 하고 특별한 일이 없다면 대개 1분 이내에 조종사는 이 오토 파일럿을 가동시킨다. 그리고 이 장치는 착륙하기 3~5분 전 조종사에 의해 해제가 되거나, 어떤 때는 자동 착륙을 하고 난 이후에 해제되기도 한다.

자, 그럼 지금부터 왜 오토 파일럿이 가동됨에도 놀고먹기(?)가 불가한지 한 번 따져 보겠다. 가끔 반자율 주행 장치를 켜놓고 차에서 자다가 사고를 당했다는 뉴스를 접한 기억이 있을 거다. 아직까지도 자동차에서조차 완전 자율 주행은 '연구 중, 시험 중'이다. 말 그대로 반자율이다. 이론상으로는 운전을 맡겨놓으면 차선도 지키고 차간 거리도 유지하며 심지어 완전히 섰다가 다시 출발도 가능하긴 하지만 운전자가 중간중간 개입을 해야 하는 시스템인 셈이다.

비행기의 오토 파일럿은 "자율"이나 "반자율"의 개념이 아니라 그냥 자동 비행 장치이다. 비행기를 날고 있게 하는 행위, 조종사가 조종간을 손으로 잡고 직접 당겼다 밀었다 하며 고도를 바꾸고 방향을 바꾸는 그 행위를 대신해 주는 장치가 바로 항공기의 오토 파일럿이다. 쉽게 말해 기계가 조종간을 잡고 조종사가 하라는 대로 비행기를 날게 하는 '수행원'이라고 하는 게 현재로선 비행기 오토 파일럿의 올바른 정의다. 즉, 아직까지 비행기에서 자동 시스템이 뭔가를 판단하고 알아서 수행하는 일은 없다는 얘기다.

프로펠러로 움직이는 경비행기와 달리 제트 항공기들은 보통 지상으로부터 10킬로미터 이상의 고도로 순항을 한다. 오토 파일럿을 배제하고 수동 비행으로 한 번 얘기해 보자.

경비행기가 주로 다니는 저고도의 조종과 고고도의 조종은 아예 차원이 다르다. 이해를 돕기 위해 수치로 말을 한다면 고고도의 조종이 한 10배쯤은 어려운 것 같다.

이런 이유 하나만으로도 이륙 후, 오토 파일럿이 고장이 났다면 조종사는 바로 회항해서 착륙해야 한다. 비행 환경은 변하고 있다. 전 세계의 하늘은 지금도 비행기들로 꽉 차 있고 계속 늘어나고 있다. 항로는 비좁아 항로와 항로 사이에 또 다른 항로가 생겨나고, 또 비행기에는 자동차와 달리 3차원 공간을 누비는 수직적인 항로도 매우 중요하다. 예전엔 한 공간에 한 줄로 비행기들이 날아다녔다면, 지금은 같은 공간에 비행기들이 아래위로 겹겹이 날아다닌다. 늘어나는 항공 수요를 위한 방편이고 그만큼 정밀한 비행이 가능해졌다는 이야기다. 이제는 고고도 수동 비행이 힘들어서가 아니라 이륙하고 나서 오토 파일럿의 사용은 의무화가 되었다. 수평적으로나 수직적으로 기계에 의한 정밀한 조종 컨트롤이 필요하기 때문이다. 그렇게 오토 파일럿이 작동되기 시작하면 조종사는 비행기를 조종간이 아닌 각종 버튼으로 조종하게 된다.

오토 파일럿은 조종사의 편함을 위한 것이 아니라 안전

비행의 필수 아이템인 이유를 하나 더 들어보겠다. 한 번 오토 파일럿이 고장 났다고 가정해 보자.

오토 파일럿을 쓸 수 없다면, 조종실 두 명의 조종사 중 한 명은 이륙하는 순간부터 착륙할 때까지 잠시도 조종간에서 손을 뗄 수 없다. 즉, 조종실에서 행해지는 수많은 일들을 다른 한 명의 조종사가 모두 감당해야만 한다는 얘기다.

복잡한 입출항 절차를 차질 없이 수행해야 하고, 계속 관제사와 교신도 해야 하며, 악기상을 모니터하며 때로는 회피를 요청하고, 필요하면 고도나 항로를 변경해야 하는 등등의 모든 것을 하면서 조종사는 버튼을 이용해 오토 파일럿에게 수시로 명령을 내려줘야 한다.

정상적인 비행도 이렇게 두 명의 조종사가 놓쳐선 안 되는 부분이 많은데 하물며 어디라도 고장이 났다는 가정을 하면 한 명의 조종사를 수동 비행하는데 빼앗긴다는 건 안전적인 측면에서 볼 때 그야말로 '인적 낭비'다. 사실 조종실에 2명의 조종사가 운항을 한지는 그리 오래되지 않았다. '항법사, 통신사, 그리고 항공기관사' 기술의 발달, 항공기의 자동화로 인해 사라진 직업군들이다.

지금 기장과 부기장은, 조종실에서 사라진 저 세 사람의 몫을 해야 한다는 말이다. 물론 많은 부분 자동화의 도움을 받고 있지만, 머릿속엔 다른 세 명이 가지고 있던 전문 지식을 모두 가지고 비행해야 한다. 그렇게 여러 명의 몫을 두 명이 안전하게 수행하기 위해 오토 파일럿은 현대 민항에서 반드시 필요한 최소한의 필수 기능이다.

　현재 유럽에서는 자동 비행이 아닌 '자율 비행'의 테스트가 이미 진행 중에 있다. 아직 자동차조차 완전한 자율 주행이 보급되지 않은 상태지만, 그 언젠가는 비행기도 자율 비행 시대가 올지 모른다. 하지만 아직은 아니다. 어렸을 때 봤던 공상 과학 잡지에 실린 만화가 생각난다. "때는 서기 2020년…"이라고 하면서 모든 차들이 날아다니고 인간이 로봇의 지배를 받고 우주 전쟁을 하고. 어쩌면 자율 비행은 생각보다 훨씬 더 오래 걸릴 것 같기도 하다.

한 달에 겨우 요 정도 일한다고?

대학 졸업 후 오랜만에 동창들을 만났다. 때는 조종사가 항상 신문 1면을 장식하던 2000년 초. 오래도록 갈망해 오던 조종사 노조가 우리나라에서도 합법적으로 인정받고 한창 회사와 협상이 진행되던 때였다. 친구들은 그래도 '조종사 친구'에게 듣기 좋은 말들을 많이 해 줬다.

"우리나라 언론 믿을 게 못 되잖아. 아마 우리가 모르는 힘든 게 많을 거야.", "그래, 친구인데 우리가 이해 못해 주면 되겠냐."

하지만 '친구이기 때문에 그 정도 얘기가 나왔지, 만일 모르는 일반인이었다면 어땠을까?'하는 생각이 문득 들 때가 있다. 그만큼 당시 신문과 뉴스에는 노조를 만든 조종사들을 귀족노조라고 부르며, '해외 체류지에 골프채 비치해 달라고 파업한다'라는 둥 어이없는 기사들로 가득했다. 그렇게 1시간 정도 술잔이 오고 가던 중 대학 때부터 은근히 약을 많이 올리던 한 녀석이 말문을 열었다.

"그런데 너 한 달에 몇 시간 정도 비행하냐?"

질문에 나는 바로 대답하지 않았다. 그 녀석은 늘 질문에 숨은 뼈가 들어 있던 터라, 어떤 의도인지 감이 왔다. 당시는 내가 대형기로 전환 교육을 마친 지 얼마 되지도 않았고, 타고 있던 기종의 한 달 비행 시간이 그리 많지 않았던 시기였던 터라 조금 부풀려 얘기했다.

"어, 한 달에 보통 90시간 정도 비행해."

내 대답을 들은 그 녀석이 갑자기 생각에 잠긴다. 무슨 암산을 하는 것처럼 손가락도 꼼지락거리며, "한 달에 최소 8일은 쉴 테고, 그럼 남은 22일에 90시간이라. 대충 따져도 하루에 평균 4시간 정도밖에 일을 안 하네? 완전히 거저먹는 거 아니냐? 아무리 친구지만 솔직히 파업이 이해가 안 된다고 나는."

역시 '한 건'하는 친구였다. 대학 때부터 소위 '말빨'로 심리를 흐트러뜨리는데 도가 튼 녀석이었다. 나도 모르게 주먹이 불끈 쥐어졌지만 애써 참았다.

"그래 말이 나왔으니 설명해 줄게."

조종사에게 주어지는 일정표상 비행 시간은 표기법이 조금씩 다르지만 통상 이륙부터 착륙까지의 실제 '비행하는 시간'을 표시한다. 조종사는 비행을 위해 명시된 출발 시간보다 보통 2시간 전에 출근한다. 이 출발 시간은 이륙이 아닌 터미널의 게이트에서 뒤로 빠지는 시간을 말한다. 물론 푸시백이라고 하는 그 시간 뒤로도 시동 걸고 활주로로 나가는 택싱(taxiing) 시간까지 더하면 짧게는 15분, 길면 20~30분이 걸리기도 한다.

어쨌든 출발 2시간 전에 출근한 조종사들은 비행에 필요한 각종 서류들을 검토하고 분석해서 브리핑을 실시한다. 또 객실 승무원과 만나 합동브리핑을 마친 다음에 비행기로 이동해 승객이 타기 전에 외부 점검과 조종실 점검을 마치고 승객을 맞이한다. 이 모든 과정이 전부 조종사가 행하는 근무이다. 착륙 후에는 터미널로 들어가는 지상 활주, 그리고 승객이 하기하는 동안 조종실 점검 및 정리를 마치고 모든 승객이 다 내리고 나면 비로소 퇴근 준비를 하면서 근무가 완료된다. 이렇게 이루어지는 조종사의 비행 시간과 근무 시간은 월 단위와 연 단위로 나뉘어 항공법으로 엄격히 제한이 되고 있다.

한 번의 비행에 두 명의 조종사가 할 수 있는 최대 근무 시간은 보통 12~13시간이다. 대개 8시간 내에 근무가 종료되지만 날씨가 안 좋거나 다른 이유로 근무 시간 제한이 문제가 되기도 한다. 조종사가 할 수 있다 해도 이 근무 시간을 단 1분이라도 초과하게 되면 항공법상 문제가 되어 조종사나 해당 항공사는 처벌을 받게 된다. 또한 정기적인 훈련과 교육, 심사가 있는 달에는 그만큼 스케줄 상 '비행 시간'이 줄어들게 되지만 이런 것들도 모두 조종사로서 일을 하는 근무들의 일부이다. 세상에 절대 공짜는 없다. 모든 직장인에게 해당되는 말이란 말이다. 본인의 업무를 위해 행하는 모든 일들이 근무이지 않나. 외과 의사라고 수술하는 시간만 근무인 건 아닌 것처럼 말이다.

세상엔 정말 무수히 많은 직업들이 있고, 어떤 일은 소위 거저먹는 것처럼 쉬워 보이기도 한다. 하지만 보이는 게 전부가 아니다.

나는 조종사가 되기에
적격인가?

유튜브나 기타 인터넷 매체의 발달로 조종사라는 직업이 예전보다는 덜 생소해졌다. 하지만 아직도 여전히 일반적인 직업군에 비해서는 조금 생소하기도 하고 뭔가 베일에 싸인 듯한 느낌을 받는다고들 한다.

"조종사를 하려면 어떤 사람이어야 하죠?" 이 질문은 단순한 것 같지만, 실제로 많은 사람이 궁금해하는 대표적인 질문 중 하나다. 이건 "조종사가 되려면 공군이나 항공운항과를 나와야 하나요?"와 같은 질문과는 결이 다르다.

실제로 조종사의 이미지에 대해 사람들에게 물으면 사

람들은 종종 이렇게 답한다. "냉철하고 차가워 보인다.", "결정을 확실하고 빠르게 내릴 것 같다."

이런 답변을 종합해 보면, 조종사는 마치 로봇처럼 신속하고 정확하게 판단해야 하는 직업이라는 인식이 강한 것 같다. 그렇다면 실제 조종사들은 어떨까? 그리고 나는 과연 조종사로서 적합한 사람일까?

27년 동안 조종사로 일하면서, 자주 되뇌는 말이 있다. "나는 조종사로서 그리 적합한 성격은 아니야."

나는 신중한 성격이다. 일을 결정할 때 흔히 말하는 '결정 장애' 수준은 아니지만, 결정을 내리는 데 시간이 걸리는 편이다. 무엇보다 내 의견을 표현할 때도 직선적이지 않다. 솔직히 말하면 이 두 가지 성향은 조종사로서 단점이 될 수 있다. 조종사는 빠른 속도로 하늘을 날며, 연료라는 한정된 자원 속에서 빠르고 정확한 결정을 내려야 한다. 또한, 기장과 부기장이 함께 비행하며 지속적으로 의견을 주고받아야 하는 직업이다.

나는 부기장으로 13년을 보냈고, 기장이 된지 15년차다. 부기장 시절에는 우회적으로 의견을 전달하는 것이 문제였고, 기장이 된 후에는 중요한 결정을 내리는 데 시간이 걸린다는 점이 단점으로 작용했다. 그렇다면 나는 어떻게 27년 동안 안전하게 비행을 이어 올 수 있었을까? 단순히 운이 좋았던 걸까? 아니면 성격이 바뀐 걸까?

글을 읽는 독자들도 잘 알겠지만 타고난 성격은 쉽게 바뀌지 않는다. 하지만 나는 오랜 노력 끝에 내 단점을 극복할 수 있는 '테크닉'을 익혔다. 단순하게 말하면 비행이 시작되면 잠시 다른 사람인 것처럼 행동하는 것이다.

첫째, 조언은 최대한 직설적으로 표현하기

원래 성격은 직선적이지 않다. 하지만 비행 중에는 최대한 직설적인 화법을 사용하려 노력한다. 물론 내가 보기엔 '직설적'이라고 생각한 표현도, 다른 사람이 듣기엔 아닐 수도 있다. 하지만 적어도 비행에 지장이 없을 정도로 단순하고 명확하게 의견을 전달하는 것이 목표다.

둘째, 의사 결정 속도를 높이는 방법을 쓴다.

이 부분이 쉽지 않았는데 사실 나는 메뉴가 많은 식당에서도 음식 하나를 고르는 데 시간이 오래 걸리는 사람이다. 하지만 비행 중에는 그런 여유가 없다. 나는 두 가지 방법을 통해 결정을 신속하게 내린다.

우선, 먼저 상대방의 의견을 듣고 비교하기. 나는 원래 변수를 많이 고려하는 성향이다. 그래서 단독으로 결정을 내릴 때 시간이 오래 걸리지만, 다른 사람의 의견을 먼저 들으면 비교가 훨씬 쉬워진다.

다음은, 학습을 통한 대비다. 비행 중에 내려야 하는 중요한 결정 중 적지 않은 부분은 학습을 통해 대비할 수 있다. 정확하게는 공부를 해야만 빠르고 옳은 결정을 할 수 있는 게 많다는 말이다. 항공기 시스템, 기상, 비행 규정 등을 정확히 알고 있다면 결정이 한결 쉬워진다. 많은 사람이 "경험이 많은 조종사가 더 안전하다"고 말하는데, 단순히 비행 경력이 많다는 뜻이 아니라, 오랜 학습과 경험을 통해 빠르고 정확한 판단을 내릴 수 있기 때문이다. 솔직히 매일 수험생처럼 공부하지는 않지만, 적어도 6개월마다 돌아오는 정기 훈련 때에 맞춰 새로운 절차나 업그레이드된 시스템을 숙지하려 공부하고 있다.

조종사로서의 적성은 정해진 것이 아니다. 부족한 부분은 성격이라 해도 노력이나 경험 등으로 어느 정도 극복이 가능하다. 물론 성격 중에서도 비행에 큰 도움이 되는 부분도 있다. 내 경우는 '신속과 정확'에서 후자인 정확성엔 강점이 있는 편이다. 아무래도 신중하게 뭔가를 결정하는 습관이 역할을 크게 하고 있는 게 아닐까 싶다. 조종사로서 적합한 성격이라는 측면에서 볼 때 빠르되 덜렁거리는 성격보다는 늦어도 신중한 편이 비행에는 도움이 된다.

조종사의 성격뿐 아니라 신체의 적합성도 많이 언급이 된다. "저 친구는 비행 감각이 참 좋네." 바로 타고난 감각을 말하는데, 경험상 눈썰미 좋고 손재주가 좀 있는 사람들이 비행도 좀 쉽게 체득하는 듯하다. 나도 성격적으로는 몇 가지 단점이 있었지만 다행히 손재주는 좋은 편이었다. 운동이든, 악기든 뭐든 빨리 습득하는 사람이 있고, 배움이 좀 더딘 사람이 있기 마련이다. 비행하는 사람들 사이에서 속된 말로 '곰발바닥'이라는 말을 가끔 쓴다. 훈련 초반에 습득이 늦어 비행이 잘 안 되는 조종사를 일컫는 말이다. 하지만 노력이 따라온다면 결과는 비슷하게 마무리되는 경우가 많다.

적합성이라는 이 부분은 극도로 맞지 않는 성격이나 해도 해도 잘 늘지 않는 극소수를 제외하면 대부분 어느 정도 극복이 되는 것으로 본다. 세상 이치가 그러하듯 결국 노력으로 해결되는 부분이 많다는 말이다.

조종사는
얼마나 받나

연봉 이야기가 나오면 빠지지 않고 등장하는 직업이 바로 조종사다. "억대 연봉"이라는 말이 있지만 우리나라 민항 조종사들이 처음부터 그렇게 받은 것은 아니었다. 1995년 나를 비행의 길로 인도했던 한 대학 선배도 이렇게 말했다.

"부자가 되는 길이 있는데 나랑 같이 준비 안 할래?"

그렇게 국내 한 대형 항공사의 조종 훈련생으로 입사해 모든 비행 훈련을 마친 나는 1998년 봄, 드디어 훈련생이 아닌 '기성 부기장'(항공사에 입사해 훈련을 마치고 실제 부기장으로 비행 임무를 하는 부기장. 훈련 부기장 또는 학생 부기장으로 불리는 사람들은 교관과 함께 비행 훈련을 받는 부기장을 뜻한다. 그렇게 비행 훈련을 마치고 인사 명령이 나면 '기성 부기장'으로 불리며 기장들과 일반 비행을 같이 하며 월급도 오르게 된다)으로 첫 월급을 받았다. 통장에 찍힌 내 월급은 억대 연봉과는 거리가 멀었다. 정확히 공개하자면 비행수당을 포함해 230만 원. 당시 대졸자들의 대기업 평균 초봉이 2천만 원 정도였던 것을 감안하면 꽤 높은 편이긴 했지만, 일부 금융권이나 잘나가던 통신사에 입사한 친구들은 연봉이 3천만 원을 훌쩍 넘겼던 시절이었다. 사실 그 당시 해외 메이저급 항공사들의 조종사들과는 비교가 안 될 정도로 적은 급여였고, 항공 선진국인 미국과의 비교가 아니라도 우리보다 낮은 급여를 지급하는 항공사가 그리 많지는 않았다.

2000년 봄, 조종사 노조의 설립과 함께 조종사의 급여는 개선되어 갔다. 현재 우리나라에는 총 11개의 항공사가 있다. 나라의 면적을 고려하면 꽤 많은 숫자인데 각 항공사의 조종사 급여도 모두 다르다. 급여를 정확히 공개한다는 게 사실 쉬운 일은 아니다. 우선 어느 직종에 있든 급여 공개는 프라이버시 침해가 될 수 있고, 무엇보다 조종사의 경우 회사별, 직급별, 기종별 그리고 비행 시간별로 꽤 차이가 난다.

그래서 '급여 공개'라는 제목으로 올라온 영상이나 블로그를 봐도 정확하고 명확한 정보는 찾기 어렵다. 그렇다면, 막연히 억대 연봉으로 알려진 조종사의 급여는 실제로도 그렇게 높을까?

우선 국내 부기장의 경우, 국제적인 시세와 비교해도 괜찮은 편이다. 우리나라와 비슷한 수준의 다른 국가 항공사들이나 더 선진국 항공사 부기장의 대략적인 급여 수준은 월 6,000~7,000달러다. 일부 항공사는 더 높은 급여를 지급하기도 하지만, 평균적으로 이 정도다. 환율에 따라 다르지만 글을 쓰는 지금 환율로 계산하면 우리 돈으로 약 800만 원 중후반 수준이며, 이는 세후 실수령액 기준이다.

실제로 우리나라 부기장의 급여는 이와 거의 유사하다. 흔히들 대형 항공사가 저비용 항공사보다 조종사에게 더 많은 급여를 지급한다고 알고 있지만, 급여만 놓고 보면 그렇지 않다. 일부 저비용 항공사의 부기장은 대형사 부기장보다 더 많은 급여를 받기도 한다. 비행 시간이 많기 때문이다.

기장의 경우는 조금 다르다. 일반 사무직의 경우 대리, 과장, 차장, 부장 등 여러 단계를 거치며 급여가 오르지만, 조종사는 입사 후 퇴직할 때까지 딱 한 번 '승진'한다. 바로 기장 승격이다. 그런 이유로 해외 항공사에서는 부기장과 기장의 급여 차이가 상당히 크다. 부기장에서 기장이 되면 급여가 두 배 오르는 항공사도 많다. 가까운 일본과 중국의 항공사도 마찬가지다. 하지만 우리나라의 정서는 직종의 특수성 인정에 상당히 인색하다.

내가 기장이 된 2010년 초, 부기장 때 받던 급여에서 기장이 된 후의 인상분은 100만 원이 채 되지 않았다. 물론 당시 대형기 부기장의 급여는 지금과 다르게 약 600만 원 수준이었다.

현재 국내 기장의 평균 급여 수준은 부기장보다 약 200만 원 높은 1,000~1,100만 원 수준이다. 부기장도 다양한 조건에 따라 급여 수준에 차이가 크지만, 기장은 경력, 기종, 비행 시간에 따른 급여 차이가 더욱 크다. 즉, 저경력의 소형기 기장이 적당한 수준의 비행을 했을 때와 고경력 기장이 대형기를 타며 많은 비행 시간을 기록했을 때의 월급 차이는 500만 원이 넘기도 한다.

하지만 워라밸을 조종사의 급여에 녹여 생각해 보자면, 이야기가 조금 달라진다. 과거 선배 세대들은 워라밸은커녕 어떻게 하면 조금이라도 더 돈을 벌까 아등바등하며 살아온 세대였다. 하지만 50대 중반인 나도 이제는 워라밸을 중요하게 생각한다. 내가 돈을 그렇게 많이 모은 것도 아니고, 부모에게 물려받을 땅이나 재산도 없다. 하지만 일한 만큼 나와 가족을 위한 시간도 중요한 법이다.

꼭 다 그렇다고는 할 수 없지만, 워라밸 측면에서는 대형 항공사가 저비용 항공사보다 유리한 점이 많을 수밖에 없다. 저비용 항공사의 경우 비행 횟수가 많아 상대적으로 조종사들이 바쁘게 움직여야 하지만, 대형 항공사는 장거리 노선이 많아 비행 시간 대비 여유가 있는 경우가 많다. 결국, 급여뿐만 아니라 워라밸까지 고려하면 어떤 항공사에서 일하는지가 중요한 선택 기준이 될 수 있다.

조종사를 바라보는
사람들의 시각

나는 항공과 관련된 유튜브 채널을 운영하고 있다. 문득 이런 궁금증이 생겼다.

"일반 사람들은 조종사를 어떻게 바라볼까?"

이 궁금증을 해소하기 위해 지인들과 조종사와 관계없는 일반인들을 대상으로 조사를 진행했다. 그중 흥미로운 몇 가지 의견을 소개할까 한다.

조종사는 부자일 것이다.

가장 많은 사람들이 가지고 있던 고정 관념은 바로 '조종사는 부자일 것이다'라는 생각이었다. 예전에 나를 조종사의 길로 이끌었던 선배 역시 "부자가 되고 싶지 않냐?"며 나를 설득했던 기억이 난다. 기장이 되면 부자가 될 수 있다고 믿었던 것 같다.

물론 조종사의 급여가 적지는 않지만, 부자의 기준은 시대에 따라 달라진다. 최근 한 리서치 보고서에 따르면, 한국에서 집을 제외하고 최소 10억 원 이상의 자산을 가져야 부자로 인정받는다고 한다. 그런 기준을 적용하면 나도 부자가 아니며, 조종사 중에서도 일부 '금수저'를 제외하면 이 기준을 충족하는 사람은 많지 않다.

급여가 괜찮은 직업임은 분명하지만, '부자'의 조건을 충족하기란 여간 쉽지 않다. 특히 항공사 직원이라 해도 여행에는 여전히 많은 돈이 들어간다. 다만, 조종사들 중에는 인생을 즐기며 사는 사람이 많은 것도 사실이다.

조종사는 바람을 많이 필 것 같다.

이 의견도 꽤 많았다. 여러 영화에서도 조종사가 바람둥이로 묘사되는 경우가 많고, 많은 사람들이 조종사는 돈을 많이 벌고 집을 떠나 있는 시간이 많다고 생각하기 때문일 것이다. 더구나 함께 일하는 객실 승무원들은 뛰어난 외모로도 유명하다. 이렇다 보니 미혼자들이 자연스럽게 서로에게 호감을 느끼는 경우도 많다. 실제로 내가 입사했던 회사의 동기들 중 삼 분의 일이 객실 승무원과 결혼했을 정도였다. 하지만 그렇다고 해서 바람을 피우거나 불륜이 많다는 건 과장된 이야기다. 물론 어느 직업에서나 그런 일이 전혀 없다고 할 수는 없지만, 일반인들과 비교했을 때 조종사가 특별히 더 그런 경향이 있다고 보긴 어렵다.

조종사는 영어와 수학을 잘할 것이다.

이 부분은 절반은 맞고, 절반은 틀리다고 할 수 있다. 내가 조종 훈련생으로 입사했을 당시, 1차 시험 과목은 영어, 수학, 물리, 상식이었다. 영어는 필기와 듣기 시험이 따로 있었고, 이후 원어민 면접도 있었다. 실제 비행을 할 때 영어 실력은 필수적이다. 매뉴얼이 모두 영어로 되어 있으며, 해외 비행뿐만 아니라 국내에서도 관제사와의 교신은 영어가 원칙이다.

하지만 전 세계 모든 조종사와 관제사가 원어민 수준의 영어를 구사하는 것은 아니다. 표준 교신 용어를 숙지하면

정상적인 비행에는 문제가 없다. 다만, 국제선 비행을 하다 보면 일상적인 영어 대화가 필요한 경우가 있기 때문에 영어 실력은 중요하다. 한국 조종사들의 평균적인 영어 수준은 일본이나 중국보다 조금 나은 정도라고 생각된다. 개인적으로는 국제선 장거리 비행을 하는 조종사들이 좀 더 영어 실력을 키우면 좋겠다고 생각한다. 물론 나 자신도 포함해서 말이다.

수학은 비행과 큰 관련이 없다. 과거에는 암산이 필요한 경우가 있어 특히 훈련을 받던 조종사들이 애를 먹곤 했다. 하지만 현재는 항공기의 시스템이 발전하면서 조종사가 직접 계산할 일이 거의 없다. 따라서 조종사와 수학은 별다른 연관이 없다고 봐도 무방하다.

작은 비행기 VS
큰 비행기

흔히 사람들은 이렇게 말한다. "큰 비행기를 조종하는 사람이 더 실력 있는 조종사지. 작은 비행기는 초보들이 타는 거야."

물론, 이는 조종사가 아닌 일반인들의 생각이다. 요즘은 국내에도 저비용 항공사들이 늘어나면서 단일 기종으로 운영하는 곳이 많아졌다. 그런 항공사에서는 조종사가 비행기 크기를 선택할 수 없다. 하지만 대형 항공사에는 작은 비행기를 타는 조종사도 있고, 큰 비행기를 타는 조종사도 있다.

사실, 비행기의 크기에 대한 기준도 일반인과 항공업계의 시각이 조금 다르다. 일반인들은 비행기의 외형을 보고 크기를 판단한다. 그래서 소형기, 대형기라는 표현을 쓰고, 때로는 '중형기'라는 용어를 사용하기도 한다. 그래서 어떤 사람들은 보잉 787을 조종하는 나에게 이렇게 묻는다.

"787이 무슨 대형기야? 중형기지. 보잉 747이나 에어버스 380 같은 비행기가 대형기야."

하지만 항공업계, 특히 조종사들은 '중형기'라는 용어를 거의 사용하지 않는다. 대신 와이드보디(wide body)라는 표현을 사용해 대형기를, 내로우보디(narrow body)라는 표현을 사용해 소형기를 구분한다. 이는 단순히 기체의 크기가 아니라 객실 내부의 구조 차이에 따른 구분이다. 와이드보디 항공기는 좌석 배열에서 '아일(aisle)'이라고 부르는 통로가 2개인 기종을 의미하며, 내로우보디 항공기는 객실에 통로가 하나만 있는 기종을 뜻한다.

대형 항공사에 입사한 조종사는 특별한 경우가 아니

라면 먼저 내로우보디 기종의 부기장으로 시작한다. 약 2~3년 후 와이드보디 기종으로 전환되며, 이곳에서 보통 9~10년간 비행을 한 뒤 기장 승격의 기회를 얻는다. 이후 다시 소형기로 내려가 기장 승격 훈련을 받고, 몇 년 후 최종적으로 대형기로 전환하게 된다.

이런 과정만 보면 소형기를 초보 기장이나 부기장이 조종하는 게 맞다. 하지만 조종사의 개인적인 사정이나 회사 운영상의 이유로 경력 많은 고참 기장이 소형기를 조종하는 경우도 적지 않다.

더구나 "실력 좋은 조종사는 대형기를, 그렇지 못한 조종사는 소형기를 조종한다"는 말은 전혀 근거 없는 이야기다. 조종사는 6개월마다, 그리고 1년마다 주기적인 심사를 받아야 한다. 기종과 관계없이 이러한 심사를 통과하지 못하면 조종사로 살아남을 수 없다.

직업의
특별함

예전에는 사람들끼리 만나면 "혈액형이 뭐예요?"라는 질문을 자주 던졌다. 요즘은 그 자리를 MBTI가 대신하고 있다. 아마 우리나라 사람들만의 독특한 문화가 아닐까 싶다. 외국에서는 이런 질문을 무례하다고 여기는 경우도 많으니 말이다.

나는 혈액형으로는 전형적인 A형 성격이며, MBTI로는 I(내향형)에 속하는 사람이다. 어릴 때부터 친구들은 많았지만, 앞에 나서는 걸 좋아하지 않았다. 외모가 특출난 것도 아니고 키도 작은 편. 요즘 말로 하면 '인싸'보다는 '아싸'에 가까운 성격이지만, 사람을 만나는 것은 좋아한다. 초등학교 동창 모임, 대학 동문회, 직장 동호회까지 여러 모임에 활발하게 참여하고 있다.

2000년쯤이었나? 그 당시 '아이러브스쿨'이라는 사이트가 엄청난 인기를 끌었다. 동창 찾기 사이트였다. 서울이 고향이지만 어린 시절 10년 가까이 포항에서 살았던 나는, 서울로 이사 오면서 잊고 지냈던 친구들을 다시 만날 수 있어 무척 기뻤다.

지금은 KTX도 있고, 고속도로도 좋아져 서울과 포항 간 이동이 편리해졌지만, 그때는 하루 두 편 운항하는 비행기 외에는 빠르게 이동할 방법이 없었다. 하지만 나는 당시 이미 조종사였기에 고속버스 요금 정도만 내고 비행기를 탈 수 있었다.

초등학교 6학년 초, 아버지의 사업 때문에 서울로 전학을 왔다. 졸업은 서울에서 했지만, 중·고등학교를 서울에서 다니면서 포항 친구들과는 자연스럽게 멀어졌다. 그곳에서 나를 기억하는 친구가 많지 않았다. 어색했다. 하지만 곧 친구들은 나에게 관심을 갖기 시작했다.

"야, 너 기장이라며?"

"와… 친구 중에 기장이 있다니 신기하다."

"비행기는 진짜 후진이 안 돼?"

친구들의 질문이 끊이지 않았다. 하나하나 답해 주면서 귀찮다기보다는, 오히려 나의 존재감(?)이 생기는 느낌이 꽤 좋았다. 이후에도 모임에서는 '기장 친구'라며 특별히 챙겨주는 친구들이 많았다. 덕분에 신혼 시절, 아내에게 "아이러브스쿨 얘기는 절대 하지 말라"는 잔소리를 들을 정도였다. 사실, 이런 경험은 동창 모임뿐만이 아니다. 처음 만난 사람들은 내 직업을 신기해하며 관심을 보인다.

"와… 기장님이세요?"

서류를 작성할 때 직업을 선택해야 하는 경우가 많다. 그런데 '조종사'라는 항목이 있는 서류는 거의 본 적이 없다.

예전에는 '전문직'에 표시했지만, 일부 서류에서는 전문직 뒤에 해당 직종을 괄호로 나열하는데, 조종사는 늘 빠져 있었다. 그래서 항상 '기타'에 표시하고 '조종사'라고 직접 적어 넣었다. 그러면 담당 직원이 한 번쯤 나를 쳐다본다.

전국에 있는 민항기 조종사를 다 합쳐도 7천여 명이라는 소규모 직군. 항공사가 많이 늘어났어도 여전히 베일에 가려진 듯한 직군이 바로 조종사인가보다.

흔히 '관종(관심 종자)'이라는 단어를 사용한다. 과도하게 관심을 갈구하는 사람을 의미한다. 나는 관종은 아니지만, 사람들이 내 직업에 관심을 가지는 게 기분 나쁘지는 않다. 과하지 않다면, 무관심보다는 관심을 받는 게 낫지 않겠나.

chapter 2

조종사 연봉이
1억이 넘는 이유

기장이 가져야 하는
자격증들

　민항기 기장이 되기까지 얼마나 걸릴까? 기장은 적게는 100여 명, 많게는 300명이 넘는 승객과 고가의 화물, 그리고 수천억 원대의 항공기 안전을 책임지는 사람이다. 때문에 단기간에 기장을 양성하는 것은 사실상 불가능하다. 조종사가 취득해야 하는 면허, 민항기 조종사가 되기 위해 기본적으로 취득해야 하는 면허는 세 가지다.

　첫 번째, 자가용 조종사 면허(PPL, Private Pilot License)
　이 면허는 개인 비행을 위한 것으로, 소형 경비행기를 혼자 또는 몇몇 사람과 함께 조종할 수 있다. 미국이나 호주처럼 개인 비행이 활성화된 국가에서는 보유자가 많다. 보통 3개월 정도면 취득할 수 있지만, 제약이 크다. 예를 들어, 구름 속으로 비행하는 것이 금지되어 있으며, 흐린 날씨나 비 오는 날에는 비행이 제한될 수 있다. 무엇보다 이 면허만으로는 돈을 받고 승객을 태울 수 없다.

두 번째, 계기 비행 면허(IFR, Instrument Flight Rating)

계기 비행 면허는 구름 속이나 안개 등 시야가 확보되지 않는 환경에서도 계기만 보고 비행할 수 있도록 하는 자격이다. 단 이착륙 시에는 활주로가 반드시 보여야 한다. 이 면허 취득에는 3~4개월이 소요된다.

세 번째, 사업용 조종사 면허(CPL, Commercial Pilot License)

민항기는 상업용 비행기이므로, 사업용 조종사 면허도 필수다. 가끔 "아니 그럼 처음부터 사업용 조종사 면허를 따면 안 되느냐?"라는 질문을 받는데, 자동차 면허처럼 선택이 아니라 단계적으로 취득해야 한다. 민항기 조종사가 되려면 자가용 면허 → 계기 면허 → 사업용 면허 순으로 따야 한다.

여기까지가 민항기 부기장이 될 조종 면허 자격이다. 여기에 조종 면허는 아니지만 하나가 추가된다. 관제사와 무선 교신을 계속하는 관계로 조종사는 '무선 통신 자격증'이란 걸 또 취득해야 한다.

이렇게 면허를 취득하고 항공사에 취업하면 자체 교육을 거쳐 부기장이 된다. 일반적으로 대형 항공사는 기종이 다양하기 때문에, 부기장은 먼저 소형기에서 2~3년 동안 근무한 뒤 대형기로 전환해 약 9~10년간 비행한다. 즉, 부기장으로 입사한 후 기장이 되기까지 평균적으로 10년 이상이 걸리는 셈이다.

나는 2010년 초에 기장이 되었는데, 부기장이 된 후 꼭 13년이 걸렸다. 사실 기장 승격의 기준은 기간이 아니라 누적 비행 시간이다. 항공사마다 다소 차이가 있지만 보통 총 4,000시간 이상의 비행 시간과 추가로 200~300회의 이착륙 경험을 요구한다.

우리나라 항공법상 조종사의 연간 최대 비행 시간은 1,000시간으로 제한된다. 만약 어느 조종사가 매년 1,000

시간 비행을 한다면 산술적으로 4년 정도면 기장이 될 수 있는 자격이 갖춰지는 셈이다. 실제로 저비용 항공사들이 등장하면서 실제로 부기장 생활 4~5년 만에 기장이 되는 사례도 생겼다. 해외에서는 군대를 가지 않고 고등학교 졸업 후 바로 조종 훈련을 시작하는 경우, 20대 후반에 기장이 되는 사례도 더러 있기는 하다. 꽤 빠른 나이에 기장이 되었다고 하는 내가 만 40세에 기장이 됐으니 참 부러운 얘기다.

캡틴, 즉 기장이 되기 위한 자격은 한 가지 면허가 추가되어야 비로소 완성된다. 바로 운송용 조종사 면허(ATPL, Airline Transport Pilot License)이다. 사업용 조종사 면허만으로는 기장이 될 수 없으며, ATPL을 취득해야만 기장으로 승격할 수 있다. 따라서 민항기 기장이 되기까지 총 5개의 자격증을 취득해야 한다.

사실 조종사가 취득하는 자격증은 이게 전부가 아니다. 저시정 운항 자격(CAT2/3 License)이 그렇다. 비행에는 날씨가 민감하게 작용하기 때문에 안개가 짙은 날에는 이착륙이 지연되거나 취소되기도 한다. 하지만 요즘은 지상 장비와 항공기 장비의 신뢰도가 높아져 가시거리가 75m만

확보되면 이착륙이 가능하다. 이를 위해 조종사는 별도의 훈련과 심사를 거쳐 저시정 운항 자격(CAT2/3 License)을 취득해야 한다.

또한 비행기는 자동차와 달리, 조종사 면허가 있다고 모든 비행기를 조종할 수 있는 것은 아니다. 조종사는 보잉, 에어버스 등 특정 기종에 대한 별도 면허를 취득해야 한다. 이를 기종 한정 자격(Type Rating)이라고 하며, 조종사의 경력을 나타내는 중요한 척도가 되기도 한다.

예를 들어, 오랫동안 대형 항공사에서 근무한 조종사는 여러 기종을 조종했을 가능성이 높고, 따라서 그만큼의 기종 한정 자격을 보유하고 있을 확률이 높다. 가끔 선배 조종사들이 "나는 기종 자격이 7개나 있다"며 으스대는 것도 이런 이유다.

참고로 나는 지금은 사라진 맥도넬 더글러스(McDonnell Douglas) 사의 MD-80, 에어버스 A330, 보잉 B737, B787 이렇게 총 4개의 기종 한정 자격을 보유하고 있다. 그러면 내가 보유하고 있는 총 자격증의 수는 10개가 된다.

계속되는
교육, 훈련, 심사

세상의 직업 중 처음 한 번 자격을 취득했다고 해서 그 후로 아무런 노력을 하지 않고 유지되는 직업은 거의 없을 것이다. 스스로 공부하든, 정기적인 보수 교육을 받든, 자격 유지를 위해 지속적인 노력이 필요하다. 그중에서도 조종사라는 직업은 대표적인 사례라 할 수 있다. 어찌 보면 퇴직할 때까지 교육, 훈련, 심사의 연속이라고 해도 과언이 아니다.

처음 조종간을 잡고 훈련을 시작하면 짧게는 1년 반, 길게는 2년 이상이 소요되는 경비행기 훈련을 거친다. 그렇게 자격을 갖추고 항공사에 입사하면 바로 기종 교육이 시작된다. 기종 교육은 보통 6개월 정도가 소요되며, 이 과정에서 지상 학술 교육, 모의비행장치(시뮬레이터) 훈련을 거친 후, 최종적으로 실제 승객이 탑승한 비행기에 올라 부기장 혹은 기장 훈련생으로 교관 기장과 함께 비행 훈련을 진행한다. 최종 심사를 제외하더라도 6개월 동안 치러야 할 필기 시험과 실기 심사는 5~6회에 이른다.

당연히 불합격하면 추가 교육이 진행되며, 특히 실기 심사에서 적합 판정을 받지 못하면 훈련이 연장된다. 이 과정에서 상당한 스트레스를 받게 되며, 실제로 약 10%의 조종사가 중간 실기 심사에서 부적합 판정을 받아 훈련이 연장되곤 한다.

가장 스트레스 지수가 높은 최종 비행 심사는 국토교통부 심사관 또는 사내에서 위촉된 심사관이 직접 조종실에 탑승하여 평가한다. 부기장 심사의 경우 상대적으로 불합격률이 낮지만, 기장 심사는 매우 엄격하다. 아무래도 항공기의 최종 책임자이기 때문에 엄격한 심사는 필수적이다. 실제로 기장 승격 심사에서 불합격하는 비율은 약 10% 정도로, 적지 않은 숫자다. 승격 심사에서 한 번 불합격하면 보통 2년 후에 다시 기회가 주어지며, 그동안 다시 부기장으로 2년을 보내야 한다.

최종 비행 심사를 통과해 부기장이나 기장이 되더라도 정기 훈련과 심사는 계속된다. 모든 조종사는 6개월마다 모의비행장치 훈련을 받고 심사를 통과해야 비행을 지속할 수 있다. 이와 별도로 매년 1회의 실 비행 심사도 거쳐야 한다.

조종사들에게 또 하나의 스트레스 요인은 신체 검사다. 항공 신체 검사는 매년 실시되며, 일반적인 건강 검진과는 다른 항목들이 포함된다. 특히 비행과 직접적으로 관련된 시력과 청력 검사가 매우 중요하다. 시력은 교정이 가능하기 때문에 안경이나 렌즈로 해결할 수 있지만, 기타 안과 질환이 발견되면 비행이 중지될 수도 있다. 혈액 검사, 혈압, 심혈관 건강 등 비행에 영향을 줄 수 있는 요소들도 관리해야 하므로 조종사들은 건강 관리에 신경을 많이 쓰는 편이다. 대부분 조종사들이 비행 때 들고 가는 가방 안에 운동복과 운동화가 들어 있는 이유이기도 하다.

부기장으로 항공사에
입사한다는 것

"기장님, 공사(공군사관학교) 출신이세요?"
"항공대를 나와야 기장이 될 수 있나요?"

내가 기장이라는 사실을 알게 된 사람들이 던지는 질문들이다. 조종사를 준비하며 정보를 찾아본 사람들(일명 '지망생')이 아니라면, 여전히 민항기 조종사 하면 공사나 항공대를 먼저 떠올리는 경우가 많다.

실제로 1990년대 이전까지만 해도 국내 유일의 민항사였던 대한항공의 조종사들은 대부분 군 출신이었다. 일부 조종사가 아닌 엔지니어, 즉 항공기관사로 입사했다가 부기장으로 전환한 사례를 제외하면, 군 출신이 아닌 조종사는 거의 없었다. 그러나 군 출신 조종사가 반드시 공사 출신인 것은 아니었다. 공군 ROTC로 임관해 군에서 비행을 했던 항공대 운항학과 출신, 육군·해군·해병대 항공단에서 비행을 했던 조종사 등 다양한 배경을 가진 사람들이 있었다.

1988년, 아시아나항공이 출범하면서 민간 출신 조종사들의 채용이 본격적으로 시작됐다. 군 조종사의 공급이 한정되어 있었던 데다, 해외에서는 민간 출신 조종사가 일반적이었기 때문에 국내 항공사들도 자체 양성 시스템을 도입하게 되었다. 이른바 '조종 훈련생 프로그램(Cadet Pilot Program)'이다.

항공사들이 사설 비행 학교와 연계하여 조종사를 훈련시키고, 부기장으로 채용하는 프로그램으로, 나 역시 이 과정을 통해 조종사가 되었다. 1990년대 초부터 시작된 이 프로그램은 현재까지 많은 민간 조종사를 배출하며 대한항공과 아시아나항공의 조종사 양성에 크게 기여했다.

1993년 드라마 파일럿의 인기로 조종사라는 직업이 대중적으로 알려지며 인기가 급상승했다. 항공대나 인하대 (당시 대한항공재단 소속 대학)를 제외하면 조종사가 되는 방법에 대한 정보가 많지 않았지만, 조종 훈련생 모집에는 수많은 지원자가 몰렸다. 나 역시 일반 대학에서 다른 학문을 전공했기에 조종사가 되는 길이 있다는 것을 졸업 후인 1995년에야 알았다. 합격만 하면 월급을 받으며 훈련을 받고, 대한항공이나 아시아나항공의 부기장이 되는 과정이니, 요즘 말로 하면 '꿀 과정'이 아니었을까. 그러나 이 자체 양성 시스템이 사라진 이후, 민항 조종사가 되는 길은 꽤 복잡해졌다. 군 조종사의 의무 복무 기간이 점점 늘어나면서 민항 조종사를 꿈꾸는 사람들의 발길은 민간 훈련 쪽으로 꽤 많이 돌아섰다. 공사는 15년, 그 외 군 조종사들은 임관 후 13년 동안 의무적으로 복무를 해야 한다. 전역 후 민간 항공사로 와서 부기장을 시작하는 나이가 마흔에 가까이 되어야 가능하다. 국가로서도 군 조종사 확보를 위해 어쩔 수 없는 조치였다고 하지만 개인이 선뜻 선택하기 어려운 길이다.

현재 민간 조종사가 되려면 항공운항학과에 진학하거나, 개인 비용으로 국내·해외 사설 비행 학교에서 훈련을 받아야 한다. 문제는 비용이다. 흔히 "조종사가 되려면 억대의 돈이 든다"고 하는데, 이는 사실이다. 민항사 부기장으로 입사하기 위한 자격을 갖추는 데 드는 비용은 최소 1억 원 초반에서 많게는 2억 원에 달한다. 훈련 기간도 개인의 노력과 재능에 따라 차이가 있지만, 아무리 빨라도 1년 이상이 소요된다. 그런데도 부기장 채용이 보장되지는 않는다. 큰 비용과 긴 시간을 투자했음에도 입사하지 못한다면 그 상실감은 이루 말할 수 없을 것이다.

2010년대 중반부터 저비용 항공사(LCC)가 본격적으로 성장하며 조종사 수요가 급증했지만, 지망생도 폭발적으로 늘었다. 부기장 자리는 포화 상태에 이르렀고, 2019년 노재팬과 2020년 코로나19의 직격탄을 맞으며 항공업계에는 큰 위기가 왔다.

'비행 낭인'은 별로 쓰고 싶지 않은 말이지만 그 당시 만들어진 말로, 훈련을 마치고 조종사 자격을 갖추었으나 부기장으로 입사를 하지 못한 이들을 일컫는 말이다. 2010

년 중반부터 조금씩 늘어나던 그 숫자는 2020년 코로나 19가 터지면서 기하급수적으로 증가했다. 정확히 파악되진 않았지만 업계의 의견은 아직도 부기장이 되지 못한 비행낭인이 수천에 달한다고 전한다.

코로나가 어느 정도 잡히면서 항공사의 문도 서서히 열리고 있다. 조금씩 그 낭인의 수가 줄고는 있지만 아직은 별로 티도 안 나는 정도다. 안타깝게도 그들 중 비행을 늦게 시작한 이들은 나이의 문제로 이미 다른 업계로 발길을 돌렸다고 전해진다. 폭발적으로 늘어가는 항공 수요에 비해 더디기만한 조종사 취업의 문이 선배 조종사로서 그저 아쉽기만 하다. 예측은 어렵지만 항공 전문가들은 서서히 업계가 회복할 것으로 보고 있다. 지극히 개인적인 생각이지만 나도 같은 생각이다.

험악한
비행 환경

　시차, 기압차, 밤샘, 불규칙한 식사와 수면, 전자파, 방사능, 스트레스…. 이렇듯 조종사는 매우 좋지 못한 환경에 지속적으로 노출되는 직업이다. 특히 장거리 비행을 하는 대형기 조종사들에게 더욱 불리한 조건이 된다. 예를 들어, 미국 뉴욕이나 남미의 상파울루 같은 도시는 우리나라와 지구 정반대 편에 위치해 있다. 이곳을 오가는 비행에서는 낮과 밤이 완전히 뒤바뀌는 극심한 시차를 경험하게 된다.

　현재 나는 보잉 787을 조종하고 있지만, 부기장 시절을 포함해 16년 동안 에어버스를 타며 비행했다. 내가 탔던 A330 기종은 중·장거리 노선용으로, 최대 항속거리(항공기나 선박이 연료를 최대 적재량까지 실어 비행 또는 항행할 수 있는 최대 거리이다. 예비 연료는 제외하기도 한다)가 길지 않은 편이다. 이 덕분에 일정 면에서 장점도 있었다. 장거리 노선이라 해도 유럽이나 대양주 정도였고, 호주는 시차가 동남아와 같은 2시간, 유럽은 6~7시간 차이에 불과했다.

가끔 미주 노선을 비행하긴 했지만, 중부나 동부까지는 운항할 수 없는 기종이었기에 시차는 유럽과 비슷한 수준이었다. 그런데도 이상하게도 미주 노선이 유럽보다 훨씬 더 피곤하고, 시차 적응도 어려웠다.

2015년, 조종사가 된 이후 처음으로 브라질에 가게 되었다. 그것도 A330을 타고 말이다.

"아니, 비행기 발이 짧아 미 중부도 못 간다면서 어떻게 브라질까지 가지?"(조종사들은 항속거리를 '발이 길다, 짧다'로 비유한다)

브라질 상파울루는 우리나라와 정반대 편에 위치한 도

시다. 뉴욕과 상파울루는 같은 시간대이지만, 서울에서의 거리는 큰 차이가 난다. 서울-뉴욕 간 직선 거리는 약 11,000km지만, 상파울루까지는 18,000km가 넘는다. 직선 거리 기준으로 비행한다면 뉴욕까지는 약 13시간, 상파울루까지는 20시간이 걸린다. 때문에 현존하는 여객기로는 직항이 불가능하다.

나 역시 2015년, 서울에서 LA로 간 후 하루를 쉬고 상파울루로 향했다. 상파울루에서의 체류 기간은 이틀. 처음 방문한 곳이라 동료들과 함께 시내 곳곳을 둘러보고, 국내선을 타고 리우데자네이루까지 다녀왔다. 하지만 그때 실감했다.

"이건 유럽과 차원이 다르네."

장거리 비행으로 인해 어느 정도 피로가 쌓인 상태였지만, 나와 동료 조종사들은 대낮에도 눈이 감겨 왔다. 오후 2시, 점심을 먹으며 즐거워야 할 시간이었지만, 우리의 몸은 여전히 한국 시간 기준 새벽 2시를 가리키고 있었다.

예정된 일정은 저녁까지 이어질 계획이었지만, 결국 오후 5시경 모든 계획을 포기했다.

무슨 이유인지 동남아 비행을 다니다 보면 항로에 온통 한국 비행기가 가득한 걸 자주 보게 된다. 대부분 밤을 꼴 딱 새우며 운항하는 야간 비행이다. 특히 서울로 돌아오는 항공편은 완전히 밤을 새우는 일정이 대부분이다. 특히 동남아 노선의 경우, 현지 체류 시간이 24시간이 채 되지 않는다. 대개 저녁에 도착해 다음 날 저녁 다시 서울로 출발하는 일정이다. 그래서 승무원들은 호텔에서 출발 전 짧게나마 잠을 자야 한다. 하지만 초저녁에 강제로 자야 한다는 게 쉽지 않다. 때로는 4~5시간 동안 뒤척이다가 결국 한숨도 못 자고 나오는 경우도 있다.

비행기 조종실의 사진을 보면 내 일터지만, 정말 멋져 보인다. 수많은 스위치와 화려한 계기판들, 그리고 조종실 창을 통해 바라보는 하늘의 광경은 객실 창문을 통해 보는 것과는 차원이 다르다. 하지만 현실은 그리 낭만적이지 않다. 조종실은 생각보다 굉장히 좁다. 대형 항공기라 해도 조종석 뒤에 한두 사람이 서 있을 수 있을 정도의 공간이 전부다. 소형기의 경우, 조종석 뒤가 바로 출입문일 정도로 협소하다.

조종석에서 계기판까지의 거리는 약 70cm 남짓. 중간 중간 화장실을 가기도 하지만, 연속으로 비행하는 시간은 최대 8시간에 달한다. 게다가 조종실에는 수많은 전자 장비가 있어 강한 전자파에 지속적으로 노출된다. 고도가 높아질수록 우주 방사선에 대한 노출도 심해진다. 특히 극지방 항로를 이용할수록 방사선 수치는 더욱 높아진다.

실제로 몇 년 전, 급성 혈액암으로 사망한 승무원의 산재 신청이 인정된 사례가 있었다. 하지만 항공사 입장에서 극지방 항로는 여전히 매력적이다. 시간과 연료를 절약할 수 있기 때문이다. 다행히 국제 항공 관련 기구들이 이 문제의 심각성을 인지하고 해결책을 논의 중이다. 항공사의 이익과 승무원의 안전 사이에서 어떤 해결책이 마련될지 지켜볼 일이다.

모든 사람들은 크고 작은 스트레스 속에서 살아간다. 병원에 가면 늘 듣는 단골 멘트가 있지 않은가?

"스트레스 받지 마세요. 스트레스가 만병의 원인입니다."

'알죠, 선생님…'

조종사 역시 각종 스트레스와 싸우며 비행한다. 6개월

마다 찾아오는 훈련과 심사, 매년 실시하는 신체검사로 인해 체중 관리, 식습관 조절, 체력 관리를 소홀히 할 수 없다. 또한 비행 중 예상치 못한 악기상, 시스템 고장, 지연 등의 상황을 마주하며 받는 스트레스도 상당하다. 특히 항공기 운항 전반을 책임지는 기장의 부담감은 부기장과는 차원이 다르다. 나 역시 13년이라는 긴 시간을 부기장으로 보냈다. 처음 기장이 되어 왼쪽 조종석에 앉았을 때, 이전에는 보이지 않던 것들이 보이기 시작했다. 조종실 문은 늘 닫혀 있었기에, 부기장 시절에는 내 세계가 오직 조종실에 한정된 느낌이었다. 비행 조종 자체에만 집중했다 해야 할까? 하지만 기장이 되고 나니, 여전히 조종실 문은 닫혀 있지만 내 뒤에 수백 명의 승객과 객실 승무원들이 훨씬 잘 보이기 시작했다.

조종사의
스케줄

가끔 TV나 인터넷을 보다 보면 내가 잘 알지 못하는 직업군에서 일하는 사람들의 이야기를 접할 때가 있다. 관심 때문이라기보다 단순한 호기심에서 이야기를 볼 때가 있다. "조종사"라는 직업도 마찬가지로, 이를 자세히 아는 사람이 많지 않기에 그들의 삶과 업무에 대해 궁금해하는 이들이 많다. 특히 조종사들은 어떤 패턴으로 비행을 하는지가 대표적인 궁금증 중 하나가 아닐까.

"국내선 조종사세요, 국제선 조종사세요?"

가끔 이런 질문을 받는다. 많은 사람들이 조종사를 국내선과 국제선으로 구분하며, 그 이면에는 '국제선 조종사가 좀 더 실력이 뛰어난 것이 아닐까'라는 선입견도 존재하는 듯하다. 현재 우리나라에는 9개의 저비용 항공사가 있지만, 불과 20년 전만 해도 대형 항공사만 존재했다. 당시 항공사에는 다양한 크기의 비행기가 있었으며, 대한항공만 해도 100대가 넘는 항공기를 보유하고 있었다. 대형 항공사의 조종사가 되면 대개 처음에는 작은 기종부터 운항하게 된다. 나 또한 맥도넬 더글러스 사의 히트작 MD-80으로 민항 부기장 생활을 시작했다. 현재는 보잉 B737과 에어버스 A320이 소형 기종의 주류를 이루고 있지만, 내가 부기장이 된 1997년 당시 대한항공에는 B737도, A320도 없었다.

입사 동기는 약 17명이었으며, 우리는 회사의 필요에 따라 세 가지 기종으로 나뉘어 배치되었다. 내가 탑승한 MD-80은 승객 180명 정도를 태울 수 있는 기종으로, 현재의 B737이나 A320과 비슷한 체급이었다. 또 다른 소형 기종인 포커(Fokker) 100은 109명이 최대 탑승 인원인

더 작은 비행기였고, 나머지는 에어버스 사의 A300-600 기종이었다.

　이 세 비행기는 운항하는 노선이 달랐고, 그에 따라 우리 17명의 스케줄도 모두 달랐다. 가장 작은 F100을 타던 동기들은 거의 국내선만 운항했다. 당시 속초공항이나 목포공항처럼 활주로가 짧은 공항들은 다른 대체 항공기가 없었다. 반면, 세 기종 중 가장 컸던 A300-600은 주로 동남아 노선을 담당했고, 국내선은 제주와 부산만 운항했다. 사실 조종사의 스케줄은 국내선과 국제선으로 구분되는 것이 아니라, 현재 조종하는 항공기의 기종에 의해 결정된다. 해당 기종이 운항하는 모든 공항을 다녀야 하기 때문이다.

　"한 달에 며칠이나 집에 계세요?"
　"한 번 해외에 나가면 얼마나 있다가 돌아오나요?"

　비행기의 많은 용어와 개념이 선박에서 유래되었지만, 조종사의 근무 패턴은 선원들과 상당히 다르다. 특히, 최근에는 항공 운항 안전을 강화하기 위해 조종사의 비행 환경이 많이 개선되었다. 1990년대까지만 해도 조종사들은 집에 머무는 시간이 극히 적었다. 보장된 휴식일도 지금보다 훨씬 적었으며, 항공법상 비행 시간 제한도 지금과 달랐다. 당시 보잉 747 같은 대형 항공기를 조종하는 파일럿들은 한 달에 집에서 쉬는 날이 5일 남짓이었다. 요즘 유행하는 '워라밸'을 고려하면 그야말로 극한 직업이었다.

같은 시대였어도 내가 몸담았던 소형기의 스케줄과는 큰 차이가 있었다. 소형기는 대형기보다 상대적으로 근무 강도가 낮았기에 나는 대형기로 전환하는 것이 솔직히 두려울 정도였다. 당시 회사는 보잉 737을 도입하며 소형기 기단(보유 항공기 수)을 단일화하려던 시기였다. 일반적으로 소형기 조종사는 일주일에 2~3일 정도 쉬었지만, 곧 매각될 소형기의 조종사들은 비행 시간이 점점 줄어들었다. 대형기로 전환하기 직전에는 한 달 휴식일이 15일을 넘기도 했다.

이렇듯 조종사의 비행 스케줄은 항공사의 정책과 대형기·소형기 여부에 따라 달라진다. 일반적으로 소형기는 국내선 운항이 많아 연속 4~5일간 당일치기 비행을 수행하고 하루를 쉬는 패턴을 따른다. 여기에 일본, 중국, 동남아 노선이 간간이 추가된다. 반면, 대형기는 국내선 비행이 거의 없으며, 장거리 및 중거리 국제선으로 한 달 스케줄이 채워지는 경우가 많다. 소형기와 대형기의 근무 패턴은 장단점이 뚜렷하여 조종사마다 선호도가 갈린다. 소형기는 시차 적응의 부담이 적고, 당일치기 비행이 많아 집에서 머무는 시간이 길다. 그러나 출근 횟수가 많고, 새벽출근이 잦다는 점은 아침형 인간이 아닌 조종사들에게 부담이 된다. 반면, 대형기는 해외 체류가 많아 출근 횟수는 적지만, 그만큼 극심한 시차 적응이 필요하다. 오랜 시간 조종사 생활을 했고 수십 년을 시차와 싸우고 있지만 절대 쉽게 적응되지 않는 녀석이 시차와 수면 관리다.

2000년, 나는 대형기로 전환할 기회를 얻었다. 운 좋게도 여러 기종 중에서 선택할 수 있는 기회가 주어졌는데, 당시 대부분의 조종사들이 선호하던 기종은 엔진이 네 개 달린 보잉 747-400이었다. 회사의 주력 기종이자 가장 큰 여객기였기에 조종사들 사이에서는 이런 말이 유행했다.

"비행기는 뭐니 뭐니 해도 747이야."

"조종사라면 엔진 네 개짜리는 한 번쯤 타봐야지."

그러나 나는 그 녀석이 그리 매력적으로 보이지 않았다. 비행 시간이 길어 집에서 쉬는 날이 적었고, 화물기 운항 비율도 높아 해외 체류 시간이 길었다. 결국, 나는 '가장 작은 대형기'였던 에어버스 A330을 선택했고, 그 선택은 매우 탁월했다. A330은 첨단 장비로 무장한 최신형 비행기였을 뿐만 아니라, 항속거리가 너무 길지 않아 적당한 거리의 국제선만 운항했다. 당시 조종사들 사이에서도 워라밸을 중시하는 경향이 커졌고, 얼마 지나지 않아 A330은 인기 기종이 되었다.

조종사의
가족으로 살기

　잘 알고 있겠지만 '고3 모드'라는 말이 있다. 고3 수험생이 있는 집에서 가족들이 지켜야 할 행동과 피해야 할 행동을 말하는 것이다. 중요한 시험을 앞둔 고3은 예민하며, 집중력을 유지하기 위해 짧지만 질 좋은 수면을 취해야 한다. 따라서 시험이 끝날 때까지 온 가족이 함께 수험생 모드로 들어가 희생(?)하는 것이다.

　조종사로 살면서 가족들 입장에서 생각해 봤다. 조종사의 가족도 '고3 모드'일까? 물론 아니다. 그럴 리가. 하지만 이런 이야기를 꺼낸 데는 그만한 이유가 있다. 조종사의 생활은 일반적인 직장인의 삶과는 상당히 다르다. 보통 직장인은 아침에 출근하고 저녁에 퇴근하며, 주말이나 공휴일, 명절에는 휴식을 취하는 것이 일반적이다. 물론 조종사 외에도 '스케줄 근무자'들은 많다. 스케줄 근무자는 요일 개념이 희미해지고, 출퇴근 시간이 일정하지 않은 경우가 많다. 빨간 날에도 근무해야 하며, 반대로 평일에 쉬는 경우도 허다하다.

이렇게 생각해 보자. 아무리 스케줄 근무를 하더라도 어느 정도 일정한 출퇴근 패턴은 존재한다. 예를 들어, 저녁에 출근해 밤을 새우고 오전에 퇴근하는 사람, 점심에 출근해 밤 12시에 퇴근하는 사람 등. 설령 출근 시간이 다소 유동적이라 해도 퇴근 시간만큼은 일정한 경우가 대부분이다. 하지만 승무원과 조종사들은 그런 일정조차도 없다. 출근이 빠르다고 퇴근이 꼭 빠른 것도 아니고, 어제 밤샘 비행을 했다고 해서 다음 비행이 또 밤샘 비행이 아닐 거라는 보장도 없다. 모든 출퇴근이 랜덤이다.

고3만큼은 아니지만, 조종사도 조금은 특별한 환경을 제공받을 자격이 있다는 이야기다. 그래서 시도 때도 없이

'의무적 수면'을 취해야 하는 조종사를 둔 가족들은 "나는 모르겠다, 알아서 주무시오"라고 할 수 없다. 부부가 함께 쓰는 침실이지만, 새벽 3~4시에 출근해야 하는 날이면 배우자가 다른 방에서 자는 경우도 있다. 밤을 새고 돌아온 날에는 두꺼운 커튼을 치고 조용히 방을 빠져나가는 아내의 모습도 자주 본다. 이것이 조종사가 잘나서가 아니다. 기장으로서 항상 머릿속에 자리한 비행의 중압감을 가족들도 함께 안고 살아가기 때문이 아닐까 싶다.

출퇴근의 경우도 그렇다. 나는 공항버스를 타고 출퇴근을 한다. 예전에는 직접 운전해서 다녔고, 지금도 자가용으로 출퇴근하는 조종사가 적지 않다. 하지만 인천공항 이용객이 증가하면서 상주 직원 주차장이 점점 좁아졌고, 무엇보다 밤샘 비행을 마친 후 직접 운전하는 것이 언제부턴가 부담스러웠다. 집 앞에 공항버스 정류장이 있으면 좋겠지만, 정류장까지는 차로 15분을 가야 한다.

"자기야, 스케줄 아직 안 나왔어? 얼른 보내줘."

매달 말이면 아내가 이렇게 재촉한다. 본인의 일정도 내 비행 스케줄, 특히 출발하는 날을 피해 최대한 조정하려는 것이다. 피치 못하게 아내의 일정과 겹치는 날에는 택시를 타고 정류장으로 가기도 하지만, 대부분의 출퇴근 날에는 아내가 대기하고 있다. 이 정도면 나 혼자 비행하고, 나만 돈을 버는 사람이라고 할 수는 없지 않겠나.

나이가 들어 다시 시작한 것이 하나 있다. 바로 영어 공부다. 어느 날 가슴에 와닿은 문장이 있었다.

"My family has to put up with me being away from home several days." (내 가족은 내가 며칠씩 집을 비우는 것을 감내해야 한다)

우리 집은 첫째가 딸, 둘째가 아들이다. 부기장 시절, 세 살 터울로 두 아이를 낳았다. 원양어선 승무원처럼 한 달 만에 집에 돌아오는 수준은 아니었지만, 아이들이 어렸을 때 이런 생각을 하지 않았을까? "우리 아빠는 왜 집에 자주 없지?"

아빠가 조종사라는 사실을 제대로 인식하기 전까지는 분명 그런 의문을 가졌을 것이다. 장거리 기종으로 넘어간 이후, 긴 체류 비행을 다녀오면 아이들이 나를 어색해하는 것 같기도 했다. 실제로 아이들이 서너 살이던 때 나는 이미 대형 기종인 A330을 타고 있었다. 가장 길었던 체류 비행은 9박 10일 일정이었다. 서울에서 출발해 두바이에서 체류한 후, 이집트 카이로를 다녀오고 다시 며칠을 보내다 서울로 돌아오는 비행이었다. 그렇게 오랜만에 돌아오면, 아이들이 부쩍 자란 것처럼 느껴졌다. 심지어 어떤 날은 오랜만에 돌아온 아빠를 보고도 무덤덤한 반응을 보이는 아이들에게 서운함이 들기도 했다. 그럴 때면 문득 떠오르는 한 문장이 있다.

"너희는 가끔 아빠를 생각하지만, 아빠는 가끔 딴 생각을 해."

어떤 조종사들은 아이들이 어릴 때 힘든 만큼 장거리 비행이 나오길 은근히 바라기도 한다. 어쩔 수 없는 일이니 아내에게 덜 미안해도 되고. 하지만 눈에 넣어도 아프지 않을 아이들이 그립지 않을 수 있을까. 체류하는 동안 쇼핑몰을 돌며 아이들 옷과 신발을 고를 때면, 집에 가서 마주할 아이들의 모습이 선명하게 그려진다.

수십 년을 그렇게 살아오며, 가족들은 이런 생활에 익숙해졌다. 떨어지는 시간이 자연스러워진 것이다. 얼마 전 함께 비행했던 선배 기장은 입만 열면 "우리 공주, 우리 공주"를 외쳤다.

"선배님, 아이들이 제 아이들보다도 나이가 많을 텐데 아직도 자식 사랑이 대단하시네요."

그러자 그는 껄껄 웃으며 말했다.

"자식 사랑은 무슨~ 우리 강아지 푸들 얘기야. 우리 공주가 나를 제일 반겨줘."

생각해 보니, 나도 비행을 다녀오면 제일 먼저 문 앞에서 반기는 건 반려견 코커 스패니얼이었다. 그렇다고 가족들의 사랑이 없다는 것은 아니다. 다만 아빠의 부재가 너무나 자연스러워진 현실이 가끔은 공허하게 느껴질 뿐이다.

기장과
부기장

　민항기에 두 명의 조종사가 탑승한다는 사실은 대부분
알고 있다. 하지만 그들이 어떤 역할을 나누어 수행하며,
어떻게 비행을 운영하는지는 잘 모르는 것 같다. 일반적으
로 기장과 부기장에 대한 개념은 다음과 같다.

　기장(Captain) 비행기의 총 책임자로, 배의 선장과 같은
역할을 한다. 조종을 담당하며, 운항과 관련된 모든 사항
을 진두지휘한다. 부기장(First Officer) 기장을 보좌하며,
조종을 포함한 다양한 보조 업무를 수행한다.

아마 이런 정도가 흔히 알고 있는 기장과 부기장의 개념이 아닐까 싶다. 물론 이 개념이 틀린 것은 아니지만, 실제 운항에서 기장과 부기장의 역할은 훨씬 더 복잡하고 세밀하다.

기장 얘기를 먼저 하자면, 기장은 비행기의 총책임자다. 하지만 모든 비행을 직접 조종하는 것은 아니다. 부기장이 한 번도 조종을 해보지 않고 시간이 흘러 기장이 될 수는 없는 일이다. 따라서 비행마다 기장이 결정한 조종 담당자가 달라진다. 이때 부기장의 경력이나 날씨 등의 요소가 고려되며, 특정 조종사가 반드시 조종해야 하는 경우도 있다. 그러나 누가 조종을 하든, 모든 책임은 결국 기장에게 있다. 만약 "부기장이 조종했으니 이번 실수는 내 책임이 아니다."라고 말하는 기장이 있다면, 그는 기장으로서의 자격이 없는 사람이다.

2010년 초, 기장이 된 이후 15년이란 시간이 흘렀고 많은 부기장과 비행을 했다. 그동안 단 한 번, 하드 랜딩(hard landing)을 경험한 적이 있다. 하드 랜딩이란 착륙 시 충격이 강하게 발생하는 경우를 말한다. 승객과 승무원이 불쾌감을 느낄 수 있으며, 심한 경우 부상을 초래하거나 항공기에 손상을 줄 수도 있다. 내가 겪었던 하드 랜딩은 그 정도까지는 아니었지만, 비행기 데이터 기록상 하드 랜딩으로 분류되었다.

당시 착륙을 담당한 사람은 부기장이었다. 비행기가 활주로에 내려앉는 착륙은 조종사가 조종간을 당겨 강하하는 정도를 줄이는 조작이다. 매번 같지는 않지만 일정한 높이에 다다르면 조종을 맡은 조종사는 조종간을 당기기 시작해야 한다. 너무 많이 당겨도 안 되고 너무 조금 당겨도 안 된다. 가장 어려운 말이지만 '적절히!'. 그 당기는 시기와 정도는 조종사마다 미세하게 다르다. 그날, 내가 생각했던 '조종간을 당길 시점'이 되었을 때도 비행기의 강하율(비행기가 착륙하기 위하여 공중에서 내려갈 때, 단위 시간당 고도가 낮아지는 비율)은 변함이 없었다.

'이 친구는 착륙 조작을 조금 늦게 하는 스타일이구나.'
그러나 이내 그것이 단순한 스타일 차이가 아닌 실수라는 걸 깨달았다. 나는 화들짝 놀라 기장으로서 개입했다.

내 앞에 있는 조종간을 잡아채듯 당겼다. 조종간은 조종석에 나란히 설치되어 있어, 한쪽이 움직이면 다른 쪽도 동일하게 움직인다(단, 에어버스 사의 비행기는 예외다). 그러나 내 개입은 늦었다. 비행기는 강하율을 충분히 줄이지 못한 채 활주로에 강하게 착륙했고, 그 순간이 비행기 데이터에 기록되었다. 비록 조종을 담당한 것은 부기장이었지만, 하드 랜딩을 막지 못한 것은 전적으로 기장인 내 책임이었다.

그렇다면 부기장은 무엇을 하는 조종사인가 궁금할 것이다. 기장보다 경험이 적을 뿐, 기본적으로 기장의 복사본(Ctrl+C → Ctrl+V)이라고 해도 과언이 아니다. 즉, 기장이 조종할 수 없는 상황이 발생했을 때 부기장은 비행기를 혼자서 안전하게 착륙시킬 수 있는 능력을 갖추고 있어야 한다. 민항기의 모든 장비는 만일의 고장에 대비해 중복 설계된다. 조종사도 마찬가지다. 그러나 어쨌든 부기장은 기장보다 비행 경험이 적고, 소지한 면허도 다르며, 비행 심사에서 요구되는 기준도 다르다.

일반적으로 부기장의 역할은 기장이 조종에 집중할 수 있도록 직접적인 조종 외에 대부분의 업무를 담당한다. 관제사와의 교신, 비행의 각 단계에서 수행해야 하는 체크리

스트 관리, 기장이 비행 중 내리는 지시를 수행하도록 되어 있다. 사실 부기장의 역할 중 어쩌면 조종 업무보다 더욱 중요한 것이 모니터링이다. 조종사도 사람이기에 실수를 할 수 있고, 절차를 착각하거나 오류를 범할 수도 있다. 따라서 부기장은 기장의 실수를 바로잡는 역할을 한다.

"기장님, 그쪽으로 선회하시면 안 됩니다!"

"지시받은 고도는 7,000피트입니다. 우선 강하를 멈추시죠. 다시 확인해 보겠습니다!"

"절차가 최근에 변경되어 이제 이렇게 진행해야 합니다, 기장님!"

이런 조언들은 부기장의 필수적인 의무사항이다. 물론 아직도 한국적 정서상 '상급자'에게 조언하는 것은 부담스러울 수 있다. 그러나 잘못된 조작을 제지할 사람은 조종실에 부기장밖에 없다. 위 조언들 끝에 느낌표를 붙인 이유가 있다. 조종실에서의 조언은 신속하고 명확하게 전달되어야 한다. 비행 상황은 빠르게 변화하며, 머뭇거리는 동안에도 비행기는 몇백 미터를 이동한다. 따라서 확신을 가지고 즉시 전달하는 것이 중요하다. 이처럼 두 명의 조종사는 비행 내내 각자의 역할을 철저히 수행하며, 서로를 보완한다.

그럼 부기장이 조종을 하는 경우는 어떨까? 쉽게 말해 원래 하던 역할이 뒤바뀌는 것으로 생각하면 된다. 부기장이 조종을 하면 기장은 관제 교신, 체크리스트 수행, 부기장이 요청하는 업무를 맡는다. 그러나 지상 이동(taxiing)이나 일부 업무는 여전히 기장이 담당한다.

과거의 조종실엔 기장과 부기장 외에도 항공기관사(Flight Engineer), 항법사(Navigator), 통신사(Radio Operator)가 함께 근무했다. 기술이 발전하면서 이들의 역할이 사라졌고, 이제 기장과 부기장이 그 역할까지 수행하고 있다. 사람들은 자동화가 발전하면 조종사가 필요 없어질 것이라고 말하지만, 과연 그럴까? 조종사는 단순히 기계를 조종하는 것이 아니라, 예측 불가능한 상황에서 판단을 내리는 역할을 한다. 지금도 조종실에서는 기장과 부기장이 함께, 보이지 않는 세 명의 몫까지 수행하며 하늘을 날고 있는 셈이다.

조종사의
사명감

　주어진 임무를 성실히 수행하려는 마음가짐을 의미하는 '사명감'이라는 단어의 무게. 이 단어는 주로 군대에서 자주 쓰이는 말이 아닌가? 실제로 공군 출신 조종사들에게 "10년 이상 전투기나 수송기를 조종하는 것은 국가에 대한 사명감 없이는 불가능하다"는 말을 종종 들었다.

　하지만 사명감이 군대에만 존재하는 것은 아니다. 비슷한 의미를 가진 '책임감'이라는 단어. 나는 이 단어를 무척 중요하게 여긴다. 사실 내가 책임감이 강해서라기보다, 책임감 없이 일하는 사람들을 싫어하기 때문이다. 아니, 정확히 말하면 매우 싫어하는 편이다.

나는 그 사람이 건성으로 일한다고 판단되면 주변의 평가가 아무리 좋아도 다시 찾지 않는다. 그럴 때마다 문득 이런 생각이 든다. '저 사람은 직업을 잘못 선택했네. 저런 사람이 저 일을 하면 안 되지.'

이렇게 쉽게 말하곤 하지만, 사실 책임감과 사명감은 말처럼 쉬운 것이 아니다. 그래서 사람들은 오래도록 어려운 일을 묵묵히 해내는 이들을 '장인(匠人)'이라 부르며 존경을 표하는 것이 아닐까.

조종사는 어떨까? 다른 직업에 비해 조종사들은 유독 "어릴 때부터 조종사가 되는 것이 꿈이었습니다."라고 말하는 사람이 많다. 하지만 솔직히 말하면, 나는 어릴 때 조종사가 되겠다는 구체적인 꿈을 꾸지 않았다. 오히려 학생 시절에는 항공우주공학을 공부하고 싶었고, 실제 대학에서는 전혀 관련 없는 학과를 전공했다. 결국 졸업을 앞두고서야 '우연히' 조종사의 길을 알게 되었다. 그러나 뒤늦게 찾은 꿈이라고 해서 내 열정과 책임감이 부족했던 것은 아니었다. 오히려 그 꿈을 이루기 위해 올인했고, 결국 이뤄냈다. 그렇게 나의 꿈이 현실이 되고 나서야, '아, 내게 꼭 맞는 일을 하게 되었구나.'라는 기쁨을 느꼈다.

하지만 민항기 기장이 되기 위한 과정은 결코 쉽지 않았다. 순간순간 두렵기도 하고 걱정되기도 했다. 그중에서도 첫 비행, 그날의 기억은 아직도 선명하다. 내가 처음 기장으로 비행한 노선은 인천-대구. 지금은 운항하지 않는 노선이지만, 당시 신참 기장이었던 나는 고참 부기장과 함께 배정되었다. 보통 어느 항공사든 신참 기장과 신참 부기장을 함께 배정하지 않는다.

인천공항에서 이륙 후 대구까지의 비행 시간은 30분 남짓. 게다가 남풍이 불어 북쪽으로 돌아 이륙하는 대신 곧바로 남쪽으로 출발했기 때문에 비행 시간이 더 짧아졌다. 대구공항으로 접근할 때는 대부분 ILS(계기 착륙 시스템) 접근을 사용한다. 조종사들이 가장 익숙하게 사용하는 정밀 접근 방식이기에 비교적 수월하다. 하지만 이처럼 짧은 비행에서는 모든 절차를 신속하게 진행해야 한다.

이륙 후 상승, 접근 및 착륙 구간을 제외하면 단 10분 남짓한 시간 안에 승객들에게 방송을 하고 대구공항의 기상을 파악한 뒤 착륙 준비 및 브리핑까지 마쳐야 한다. 공항의 기상 정보는 특정 주파수를 맞추어 항공기 통신 장비를 통해 라디오처럼 귀로 듣고 받아 적는다. 요즘에는 문자 메시지처럼 텍스트로도 확인할 수 있지만, 당시에는 전적으로 음성을 통해 정보를 얻어야 했다. 그때 긴장된 목소리로 부기장이 보고했다.

"기장님, 대구 활주로가 31이 아니라 13을 사용하고 있습니다. ILS 접근이 아니라 서클링(circling) 접근입니다."

첫 비행에 날벼락 같은 소식이었다. 서클링 접근이란 정면으로 활주로에 착륙하는 일반적인 방식이 아니라, 매우 낮은 고도에서 활주로를 눈으로 확인하며 한 바퀴 돌아 착륙하는 어려운 방식이다. 대구공항에서 서클링 접근이 사용되는 경우는 극히 드물다. 이 공항에서는 부기장 시절에도 해본 적 없는 접근이었다.

'정신 바짝 차리자. 지금 내가 긴장하는 티를 내면 부기

장은 더욱 불안해할 거야.'

그 순간, 문득 대구공항 활주로 13에는 특별한 접근 방식이 하나 더 있다는 사실이 떠올랐다. ASR 접근(항공 감시 레이더 접근). 이는 군 공항에만 있는 레이더 장비를 활용하여 관제사가 조종사에게 착륙 직전까지 유도 지시를 해 주는 특별한 절차다. 부기장 시절, 몇 년에 한 번 있을까 말까한 ASR 접근을 한 차례 경험한 적이 있었다.

'할 수 있겠지? 아니, 반드시 해내야 한다.'

하늘을 원망할 틈도 없었다. 속은 바짝 타들어 갔지만, 겉으로는 태연해야 했다. 나는 착륙 브리핑을 마치고 모든 비행 지식과 능력을 총동원해 무사히 활주로에 안착했다. 내 인생 첫 기장 착륙이었다. 부기장이 축하해 주었고, 나는 스스로가 너무나 대견했다.

"와, 첫 랜딩을 대구 ASR 접근으로 할 줄이야. 하하하~"

그제야 미소가 지어졌고, 부기장에게 "수고했다."고 인사했다. 터미널에서 승객들이 내리는 모습을 보며, 진한 감동이 밀려왔다.

'이것이 보람이고, 이것이 사명감이구나.'

그렇게 나는 첫 비행을 마쳤다. 인천에서 출발했지만, 최종 목적지는 출발했던 인천공항이 아니고 김포공항이었다. 부기장과 나란히 도착 터미널을 빠져나가는 순간, 낯익은 얼굴들이 나를 기다리고 있었다. 바로 내 아내와 아이들이었다.

"김 기장님, 첫 비행을 축하해!"

아내가 건넨 꽃다발을 받으며, 나는 마치 올림픽 금메달을 딴 국가대표 선수라도 된 기분이었다. '무사히 첫 비행을 마치게 해 주셔서 감사합니다.' 속으로 감사의 기도를 하며, 나의 기장 생활은 시작되었다.

두려
움

2003년, 그날은 괌으로 가는 날이었다. 대형기로 전환한 이후 꽤 자주 다니던 곳이었다. 나는 A330을 희망해서 배정받았고, 항속거리가 그리 길지 않은 덕분에 내 스케줄엔 12시간이 넘는 비행이 거의 없었다. 당시 747이나 777 같은 '대형기'는 주로 미 동부 등 장거리 노선을 운항했기 때문에, 그 기종을 타는 동료들은 15시간, 심지어 16시간에 달하는 긴 비행을 하곤 했다. 반면 나는 동남아, 유럽, 대양주 같은 휴양지를 자주 운항했기에 다른 대형기 조종사들의 부러움을 사기도 했다.

출발은 저녁 8시 30분. 오후 4시가 조금 넘어 출근 준비를 하고 있는데, 회사에서 전화가 걸려왔다.

"종합 통제 센터입니다. 일단 출근하지 마시고 집에서 대기해 주세요."

"네? 무슨 일인가요?"

이런 일이 자주 있는 건 아니지만, 나는 직감했다. '아, 괌날씨가 안 좋구나.' '잘하면 결항될 수도 있겠군.' 비행을 좋아해 조종사의 길을 걷고 있지만, 사실 대부분의 조종사는 '결항되었습니다'라는 말을 반긴다. 승객이나 회사 입장에서는 황당한 이야기겠지만, 철저히 조종사의 입장에서만 생각하자면 그 말이 곧 '다음 스케줄까지 휴식'이라는 뜻이기 때문이다.

"괌에 열대성 폭풍이 접근하고 있어 출발이 상당히 지연될 것 같습니다. 현재 5시간 지연을 예상하고 있으며, 결정되면 바로 연락드리겠습니다."

결항은커녕 오히려 더 안 좋은 상황이 되었다. 사실 국제선은 웬만해서는 결항되지 않는다. 하루에도 여러 편 운항하는 국내선과 달리, 국제선이 결항되면 대체편 운항이나 보상 문제 등이 복잡해지기 때문이다. 밤 12시쯤 다시 전화가 왔다.

"지금 택시를 이용해 출근하시면 됩니다. 그리고 편조가 변경되었습니다. 홍길동 기장님과 함께 비행하실 예정입니다."

두 가지가 달라졌다. 첫째, 택시. 심야나 이른 새벽에는 대중교통 이용이 어렵기 때문에 회사에서 택시를 제공하는데, 이건 좋은 점이다. 그런데 함께 가는 기장이 바뀐 이유는 뭘까? 원래 나와 함께 가기로 되어 있던 기장은 경력이 그리 많지 않았다. 즉, 괌의 날씨가 여전히 좋지 않다는 증거였다. 회사가 안전을 위해 고경력 기장으로 편조를 변경한 것이다. 부기장들은 보통 함께 비행하는 기장이 누구인지에 관심이 많다. 그도 그럴 것이 좁은 조종실에서 단둘이 여러 시간을 함께해야 하기에, 기장과의 호흡은 더욱 중요하다.

괌까지의 비행 시간은 딱 4시간. 착륙 1시간 전쯤 기상을 확인하고, 착륙 담당 조종사가 접근과 착륙에 대한 브리핑을 진행한다. 그날처럼 날씨가 안 좋을 때는 대부분 기장이 착륙을 한다. 기상을 확인하니 바람이 어마어마했다. '뭐야, 이거? 내릴 수 있나?' 회사는 열대성 폭풍이 빠르게 지나갔다고 했지만, 괌에는 아직도 그 폭풍의 꼬리가 남아 있었다. 모든 비행기는 이착륙시 제한되는 바람이 있는데, 보통 옆에서 보는 측풍이 문제가 된다. 그날의 바람이 딱 측풍 제한치에 걸려 있었다.

괌 공항 접근이 시작됐다. 착륙까지 약 3분. 바람이 정말 장난이 아니었다. 폭풍이 지나간 자리에는 강한 돌풍이 남아 비행기를 마치 화난 킹콩이 손으로 잡고 흔드는 듯했다. 조종사가 되고 처음으로 두려움을 느꼈다.

"자, 랜딩 기어 다운!"

"예, 랜딩 기어 다운!"

기장님도 나도 평소보다 훨씬 크고 단호한 목소리로 지시를 주고받았다. 낮은 구름을 뚫고 활주로가 보이기 시작했다. 하지만 활주로는 정면이 아니라 조종석 오른쪽 끝에 걸쳐 보였다. 옆에서 강하게 부는 바람 때문에 기수가 돌아갔기 때문이다. 측풍 착륙 때는 늘 그렇다. 활주로 상공 200피트(약 60미터). 이제 곧 착륙인데, 갑자기 비가 쏟아졌다.

"와이퍼 하이!"

기장이 다급하게 지시했다. 비행기에도 자동차처럼 와이퍼가 있다. 하지만 비행기답게 크기가 크고, 속도도 훨씬 빠르다. 와이퍼를 최대 속도로 작동시키니 활주로가 희미하게 보이기 시작했다. 그 순간, 나는 깨달았다. 지금 이 상황에서 내가 할 수 있는 건 아무것도 없다는 것을. '아… 기장님, 부디 안전하게 잘 내려주세요!'

철퍼덕— 드디어 착륙. 역추진 장치가 작동하며 활주로 위에서 비행기가 감속했다. 우아하고 부드러운 착륙은 아니었지만, 이런 험악한 날씨 속에서 안전하게 내려준 기장님이 정말 대단해 보였다. 그리고 나는 속으로 외쳤다. '기장은 기장이다!'

2010년 3월, 긴 부기장 시절을 끝내고 드디어 기장이 되었다. 아직 저경력 기장이라 함께 비행하는 부기장들은 대부분 보잉 737에서 2,000시간 정도를 비행한 고경력자들이다. 첫 일정은 김포와 부산을 두 번 왕복하는 비행이다. 구름 한 점 없는 맑은 날씨지만, 봄답게 전국적으로 바람이 꽤 강했다.

김포공항 청사로 나가기 전, 부기장과 브리핑을 마치고 부산 김해공항이 현재 활주로 36을 사용 중인 것을 확인했다. 김해공항은 활주로의 위치상 두 가지 접근법이 있는데, 하나는 남해 바다 쪽으로 나갔다가 공항으로 접근하는 정밀 접근 방식인 활주로 36으로, 김해공항 접근 중 90% 이상이 이 방법을 사용한다. 조종사에게는 가장 편하고 수월한 접근이다. 반면, 반대편 활주로인 18은 직진 접근이 불가능하다. 공항 북쪽 가까운 곳에 돗대산, 신어산 등 높은 산들이 있기 때문이다. 남쪽에서 강한 바람이 불 때는 이 활주로를 사용해야 하며, 접근법은 '서클링'으로 불리는 까다로운 절차를 따른다. 저경력 기장인 내게는 부담스러운 절차이므로 활주로 36을 사용한다는 사실에 안도했다. 이륙 후 기장 방송을 마친 뒤 곧바로 착륙 준비에 들어갔다. 그런데 김해공항의 새로운 기상 정보를 확인한 부기장의 목소리가 다급해졌다.

"기장님, 김해 활주로가 18로 변경되었습니다. 서클링으로 셋업하겠습니다."

아니, 이게 무슨 일인가. 갑작스러운 활주로 변경이라니. 에어버스 330 부기장 시절 몇 번 김해 활주로 18 서클링 경험은 있었지만, 현재 타고 있는 보잉 737에서는 아직 경험이 없었다. 기종이 다르면 비행기의 특성이 달라져 부담감도 커진다. 게다가 오늘은 만석의 승객과 많은 연료로 인해 접근 속도가 예전 A330보다 약 25노트(50km) 더 빨랐다. 나는 서둘러 브리핑을 시작했다. 애써 태연한 척 고참 부기장에게 서클링 접근 절차를 설명하며 준비했다. 활주로 변경 후 우리 비행기의 접근 순서는 세 번째였다.

"기장님, 첫 번째 비행기가 고어라운드한 것 같습니다."

고어라운드는 착륙 직전 기상 악화 등으로 안정적인 착륙이 어렵다고 판단될 때 수행하는 재상승 절차다. 다시 말해, 김해공항의 날씨가 좋지 않다는 뜻이다. 이제 갓 50시간을 채운 저경력 기장의 심장이 빠르게 뛰기 시작했다. 10여 분이 지났을까.

"기… 기장님, 두 번째 비행기도 고어라운드했습니다."

이번에는 부기장의 목소리에서도 떨림이 느껴졌다. 나는 옆에 둔 생수를 한 모금 들이켰다. 심장은 요동쳤지만, 부기장이 듣지 않도록 태연한 척해야 했다. 깊이 숨을 들이마시며 '내 능력을 믿어보자'고 다짐했다. 이제 우리 차례였다. 김해 접근 관제소에서 호출이 왔다.

"현재 연료는 충분하십니까?"

김포에서 충분한 연료를 싣고 왔기에 여유가 있었지만, 왜 이걸 묻는 걸까?

"다름이 아니라, 첫 번째 고어라운드한 비행기가 베이징에서 온 항공편인데 연료가 충분치 않다고 합니다. 한 번더 접근해 보고 실패하면 바로 대구공항으로 회항해야 하는데, 괜찮다면 접근 순서를 바꿔 그 비행기를 먼저 착륙시키려 합니다."

"로저, 저희는 상관없습니다. 그 비행기를 먼저 접근시키십시오."

같은 회사, 같은 기종인 보잉 737이었고, 그게 아니었더라도 조종사로서 당연히 양보해야 할 상황이었다. 우리는 네 번째 순서로 밀렸다. 공중을 선회하며 대기하던 중 무전이 들려왔다.

"○○Air 123, going around. We're diverting to Daegu Airport." (○○항공 123, 고어라운드합니다. 저희는 대구로 회항합니다)

결국 우리 앞 세 번의 접근 시도가 모두 실패했고, 첫 번째 비행기는 착륙을 포기하고 회항했다. 온몸의 혈관이 터질 듯한 긴장감이 몰려왔다. 우리 비행기의 접근 순서가 되었다. 바람이 미친 듯이 비행기를 흔들어댔다. 착륙을 위한 마지막 선회를 마친 순간, 부기장이 외쳤다.

"기장님, 고어라운드!!"

선회 중 돌풍이 비행기를 바깥쪽으로 밀어냈다. 속으로 '내려도 될 것 같은데.'라는 생각이 스쳤지만, 동료의 조언을 따르기로 했다. 재상승 후 오히려 마음이 가벼워졌다. 두 번째 접근 시도. 이번에는 무사히 김해공항 18번 활주로에 착륙했다. 안도할 새도 없이 활주로 변경과 고어라운드 등으로 인해 김포행 출발이 지연되어 우리는 서둘러 다시 김포로 향했다. 김포공항 역시 강한 측풍이 불고 있었지만, 김해에서 단련된 덕에 동요 없이 안전하게 착륙할 수 있었다. 저경력 기장의 두려운 하루가 이렇게 끝났다.

2018년 2월, 20년간 몸담았던 회사를 떠날 시간이 다가왔다. 마지막 모스크바 비행을 끝으로 외국 항공사로 전직할 예정이었다. 오늘은 김포-제주 국내선. 제대 전 육군 병장들이 흔히 하는 말이 있다. '말년엔 떨어지는 낙엽도 조심하라.' 역시 그래서일까. 원래도 까다로운 제주의 날씨가 그날은 더욱 험악했다. 눈이 내리고, 제주답게 강풍이 몰아쳤다. 김포공항 국내선 터미널에서 항공기 외부 점검을 하며 하늘색으로 도색된 A330을 바라본다. '이제 너와 함께할 날도 얼마 남지 않았구나. 오늘도 잘 부탁한다.' 비행을 앞두고 나는 늘 같은 의식을 반복한다. 영화 '아바타'에서 주인공이 자신의 익룡(익룡이라해야 하나?)과 하나가 되듯, 나는 비행기 엔진을 어루만지며 속삭인다. "오늘도 안전하게 다녀오자. 잘 부탁해." 오늘처럼 날씨가 험할 때면 더욱 간절해지는 의식이다. 물론 안전한 비행을 위해서는 당연히 기술 연마와 지식, 경험 등의 습득이 중요하지만 많은 운동 선수가 저마다의 징크스나 루틴이 있는 것처럼 나 역시 그런 게 아닐까 싶다.

　김포공항을 떠나 순식간에 순항 고도에 도달했다. 국내선이니 국제선 대비 상승 고도가 약 3,000미터 정도 낮다. 기장 방송을 위해 제주공항의 기상을 요청했다.
　짧은 국내선 인사 방송을 하는 동안, 사실 머릿속에는 걱정이 쌓이기 시작했다. 기장 9년 차, 이제는 소위 말하는

'짬밥'이 찬 것일까. 이런 날씨 속에서 제주공항에 접근할 때의 리스크와 만약 착륙이 불가능하면 어떻게 해야 할지를 빠르게 그려본다.

"기장님, 제주 측배풍이 거의 마지널(marginal)입니다. 눈도 더 내리는 것 같고요."

옆자리 부기장이 걱정스럽게 말했다. '마지널'은 전문 용어는 아니지만 조종사들이 자주 사용하는 표현이다. 바람, 구름, 시정(시야 거리) 등 운항에 영향을 주는 요소들이 제한치에 가까운 상태를 뜻한다.

"배풍이 심하니 잘하면 반대편 활주로로 바뀔 수도 있겠네. 기상 다시 한번 요청해 봅시다."

그러나 우리가 접근을 시작할 때까지도 활주로는 07로 유지되었다. 배풍, 즉 뒤에서 부는 바람은 항공기의 접근 속도를 증가시키고, 이로 인해 착륙 후 정지 거리가 길어지므로 일정 기준을 초과하면 착륙할 수 없다. 접근을 막 시작하며 관제탑을 호출했다.

"현재 접근 경로에서 측배풍이 너무 심합니다. 4천 피트에서 거의 60노트입니다. 활주로를 반대편 25로 변경하는 게 좋겠습니다."

60노트라면 초속 30미터가 넘는 바람, 즉 사람이 날아
갈 정도의 태풍급 강풍이다. 그러나 관제탑의 대답은 그
바람보다 더 놀라웠다.

"현재 반대 활주로 25쪽도 거의 동일한 측배풍이 불고
있습니다."

양배풍. 제주공항을 다녀본 조종사라면 한두 번쯤은 들
어봤을 말이다. 보통 한쪽 활주로에 배풍이 불면 반대편
활주로에는 정풍이 부는 것이 정상이다. 하지만 한라산 바
로 아래에 위치한 제주공항은 다르다. 오늘처럼 남쪽에서
강한 바람이 불면, 한라산을 휘감아 돌던 바람이 양쪽으로
갈라져 제주공항 활주로에서 다시 만나게 된다. 이렇게 양
쪽 활주로 모두에 배풍이 부는 독특한 기상 조건을 가진
곳이 바로 제주공항이다.

"홍길동 씨, 오늘 상황이 생각보다 안 좋네. 정신 바짝 차
리고 들어갑시다."

한낮인데도 제주공항은 마치 야간 비행처럼 어두웠다.

엄청나게 두꺼운 눈구름이 해를 가려 하늘이 밤처럼 깜깜했고, 쏟아지는 눈과 태풍급 강풍은 9년 차 기장에게도 또 다른 공포감을 주기에 충분했다. 국내선이라도 순항 속도는 시속 약 800km 정도. 착륙을 하려면 속도를 250km 정도까지 줄여야 한다. 이를 위해 날개에 장착된 플랩(flap, 착륙 전 속도를 줄이기 위해 사용하는 날개의 보조 장치)을 여러 단계로 전개해야 하지만, 강한 바람 속에서 플랩을 조작하는 것은 쉽지 않았다. 플랩은 단계마다 제한 속도가 정해져 있어, 돌풍이 심한 날에는 조작이 까다롭다.

다행히 빠릿빠릿하고 똑똑한 부기장 덕분에 모든 단계의 플랩을 전개하고 접근 속도로 감속할 수 있었다. 이제 고도는 1,000피트(약 300미터). 착륙이 바로 눈앞이지만, 바람은 여전히 측배풍이 섞여 50노트 가까이 불고 있었다. 관제탑에서 불러주는 활주로 바람은 착륙이 가능한 한계치인 측배풍 20노트. 즉, 남은 300미터를 내려가는 동안 바람의 세기가 급격히 줄어든다는 뜻이다. 착륙 직전, 강한 공기 흐름 변화로 인한 윈드시어(wind shear) 가능성도 예상되는 최악의 상황.

왼손은 에어버스의 조그만 조종간, 사이드스틱을 이리 저리 흔들어대고, 오른손은 만약의 경우 고어라운드를 대비해 땀으로 범벅이 되었다. 드디어 활주로가 보이기 시작했다. 그 순간, 부기장 시절 괌에서 착륙했던 기억이 떠올랐다. '아, 지금 내 옆에 있는 부기장도 내가 안전하게 내려주길 기도하고 있겠구나…' 그리고 마침내, 나의 아바타는 내 수족처럼 움직이며 정말 안전하고 부드럽게 제주공항 활주로에 내려주었다.

내 급여의
3배를 주는 나라

  직장 생활을 오래 하다 보면 이런저런 이유로 회사에 불만이 생기기 마련이다. 직원들이 바라는 바와 회사가 추구하는 방향이 항상 일치할 수 없으니, 크고 작은 불만이 쌓이는 건 어쩌면 당연한 일이다.

  조종사들이 모인 항공사의 운항본부 역시 마찬가지였다. 당시 내가 몸담았던 항공사에는 수백 명의 외국인 조종사들이 계약직으로 근무하고 있었다. 외국에서는 '용병 조종사'로 해외에 나가는 일이 그리 드문 일은 아니었다. 하지만 우리나라 조종사들이 본격적으로 외국 항공사에 진출하기 시작한 것은 2005년 즈음이었다. 보통 외국 항공사에서 근무하는 조종사는 대부분 기장이었다. 그러나 우리나라에서 외항사 진출의 포문을 연 것은 부기장들이었다.

중동의 한 신생 항공사는 전 세계 다양한 국가에서 조종사를 공격적으로 모집했다. 이 지역 특성상 자국 출신 조종사나 객실 승무원이 거의 없었기 때문에, 기존의 에미레이트항공이나 카타르항공처럼 승무원들의 국적은 다양했다. 중동의 기후와 환경이 쉽지 않은 만큼 근무 조건은 꽤 좋았다. 우리나라 항공사 대비 복지 혜택이 훨씬 뛰어났고, 무엇보다 계약직이 아닌 정규직이었다. 게다가 외국인 조종사들에게는 흔치 않은 기장 승급 기회까지 제공했다. 부기장 급여 자체는 큰 차이가 없었지만, 기장이 되고 나면 국내 항공사 기장의 거의 두 배에 달하는 급여를 받을 수 있었다. 회사에 대한 불만도 있었던 터라, 외국 생활을 하며 자녀들에게 국제학교라는 특혜까지 주어진다니 구미가 당기는 이직 조건이었다.

그렇게 시작된 국내 조종사의 해외 진출은 2015년을 기점으로 폭발적으로 늘어났다. 바로 중국의 문이 활짝 열렸기 때문이다. 중국은 조종사 수 자체는 많았지만, 급증하는 항공 수요를 감당하기엔 기장급 인력이 턱없이 부족했다. 결국 중국 항공사들은 전 세계적으로 기장 모집 공고를 대대적으로 내걸었다. 개방이 되었다고는 하지만, 낯선 사회주의 국가인 중국에 선뜻 발을 들이려는 조종사는 많지 않았다. 이에 중국 항공사들은 급여를 대폭 인상하고, 각종 보너스를 지급하는 등 파격적인 조건을 내걸기 시작했다. 미국, 러시아, 스페인, 브라질… 수많은 국가에서 조종사들이 중국행 비행기에 올랐고, 특히 중국어가 가능한 싱가포르와 대만 출신 조종사들이 대거 유입되었다. 사실 나는 외국 생활에 큰 흥미가 없었다. 솔직히 말하면 자신이 없었다. 더욱이 중국은 비행으로 가는 것만으로도 피곤했기에, 아예 고려조차 하지 않았다. 하지만 2016년이 되자, 국내 조종사들의 중국 러시는 더욱 가열되었다. 입사 동기 17명 중 남아 있던 인원은 겨우 7명. 조종사들 사이에서 "오늘 어디 가?"라는 인사가 "중국 언제 가세요?"로 바뀔 정도였다. 그때쯤 나도 회사에 대한 불만이 커졌고, 결국 아내를 설득해 중국 항공사의 입사 시험을 보기로 했다.

소문대로 중국 항공사의 입사 과정은 결코 만만치 않았다. 중국 조종 면허로의 전환을 위한 필기시험에서부터 탈락자가 속출했다. 또한 온몸 구석구석을 이 잡듯 검사하며, 예상보다 많은 지원자가 탈락했다. 하지만 정말 많은 탈락자가 나온 전형은 따로 있었다. 바로 비행 실기 전형. 비행 시뮬레이터로 진행되는 실기 시험에서는 지원자들이 가을 낙엽처럼 우수수 떨어졌다.

정확한 이유는 알 수 없었지만, 국내 대형 항공사에서 오랜 경험을 쌓은 베테랑 기장들조차 중국 실기 시험에서 다수 탈락했다 왜 그랬을까? 나는 A330 부기장으로 9년 반, 기장으로 5년을 타고 있을 때 중국 항공사 전형에 응시했다. 6개월마다 정기적으로 시뮬레이터 훈련 및 심사를 받았으니, A330 기종만으로 30회 가까운 훈련을 경험했다. 그런데도 중국의 훈련 방식은 너무나 달랐다. 내가 15년 가까이 훈련을 받으며 한 번도 경험하지 않았던 기체 결함 상황이 심사 과목에 다수 포함되어 있었다. 중국의 훈련이 무조건 나쁘다는 이야기는 아니다. 당연히 훈련은 최악의 상황을 가정해야 한다. 하지만 중국에서는 도저히 납득하기 어려운 비정상 상황이 심사 항목으로 포함되곤 했다. 다행히 운이 좀 따랐고, 나는 최종 합격했다. 그러나 합격의 기쁨도 잠시, 새로운 고민이 밀려왔다. '내가 과연 이런 정기 훈련을 6개월마다 잘 해낼 수 있을까?' 원래 고민이 많은 성격이지만, 이번에는 정말 심각했다. '가야 하나, 말아야 하나…' 며칠을 고민하다가 결국 결론을 내렸다.

'그래! 어차피 다들 하는 거, 나도 적응하면 괜찮아질 거야.' 그렇게 나는 중국에서의 비행을 시작했다. 처음 내 중국 통장에 들어온 급여는 한국에서 받았던 급여의 3배. 어떤 사람들은 "중국 항공사 합격 = 로또 당첨"이라며 부러워했다. 중국 항공사의 계약 기간은 보통 4년. 한국에서의 생활비를 유지하면, 매달 월급의 2배가 저축되는 구조였다. 4년 동안 모은다면 꽤 많은 돈을 벌 수 있었으니, 로또라는 말도 그리 틀린 말은 아니었다. 그러나 세상에 공짜란 없다.

중국에서 비행하는 동안, 나는 다양한 국적의 기장들을 만났다. 전 세계에서 온 조종사들과 함께 훈련받으며 자연스럽게 친구가 되었고, 그들과의 대화 속에서 중국 항공사 생활의 현실을 실감할 수 있었다. 어느 날, 브라질에서 온 40대 초반의 기장이 하소연했다.

"아니, 보이지도 않는 담석을 어떻게 제거하라는 거야?"

정기 신체검사에서 작은 담석이 발견되었고, 이를 제거한 후 다시 신체검사를 받으라는 통보를 받았다고 했다. 그래서 매달 집으로 돌아가는 휴가 동안 브라질의 병원을 찾았지만, 담석이 너무 작아 수술이 불가능하다는 답변을 받았단다. 또 다른 지인은 혈당 수치 문제로 인해 비행을 할 수 없는 상태였다. 그는 한국에서 비행할 때는 전혀 문제가 되지 않았던 수치였다고 말했다. 그렇게 자국에서는 문제가 되지 않는 것들도, 중국에서는 '문제'가 될 수 있었다.

신체검사를 통과하지 못하면 비행이 불가능했고, 계약직 조종사에게 기본급이란 없었기 때문에 급여도 전혀 지급되지 않았다. 장기간 신검에서 탈락하면 결국 계약 해지로 이어질 수밖에 없었다.

입사 전형 때도 신체검사가 까다로웠지만, 조종사들에

게 더 큰 스트레스를 주는 것은 정기 시뮬레이터 심사였다. 우리나라를 비롯한 대부분의 국가에서 6개월마다 정기적으로 시행하는 절차였지만, 중국은 심사 탈락률이 압도적으로 높았다. 더구나 한 번 탈락하면 재심사의 기회 없이 '부기장'으로 강등되었다. 강등된 조종사는 1년 가까운 시간 동안 부기장석에서 비행해야 했다. 급여가 삭감되는 것도 문제였지만, 더 큰 문제는 자존감이 바닥으로 떨어지는 것이었다. 그것이 기장들에게는 너무나 큰 상처로 남았다. 중국의 팀장급 조종사들은 그런 외국인 조종사들에게 이렇게 말했다.

"실수하면 탈락할 수도 있고, 강등되는 건 당연한 일입니다. 너무 스트레스 받지 마세요."

처음에는 중국 조종사들이 이런 환경에 적응하며 살아가는구나 싶었다. 하지만 인간의 심리는 어디서나 비슷한 법이었다. 몇 해 전, 중국의 모 국영 항공사에서 믿을 수 없는 대형 사고가 발생했다. 순항 중이던 비행기가 갑자기 미사일이 내리꽂히듯 급강하하며 추락한 사건이었다. 조사가 진행되자 밝혀진 원인은 충격적이었다. 당시 비행을 하던 부기장은 원래 기장이었으나 정기 심사에서 탈락해 강등된 인물이었다. 그 외에도 여러 복합적인 이유가 있었다고 전해졌지만, 근본적인 원인은 강등으로 인한 심리적 스트레스였다. 게다가 그와 함께 비행하던 기장은 한참 후배 기장이었다. 한때 기장이었던 사람이 후배 기장의 부기장으로 앉아 있는 상황. 그 심적 부담과 좌절감을 짐작하기란 어렵지 않았다.

나는 개인적인 사정으로 계약 기간인 4년을 채우지 못하고 2년 만에 귀국했다. 갑작스레 부모님이 큰 병을 얻으신 탓이었지만, 사실 한국으로 돌아가는 것이 싫지만은 않았다. 내가 있던 2년 동안, 부기장으로 강등된 기장은 꽤 많았고, 신검 또는 심사 탈락 등의 이유로 강제 계약 해지된 조종사도 여러 명이었다. 중국에서의 비행 생활은 6개월마다 돌아오는 신검과 심사로 늘 숨 가쁜 나날의 연속이었다.

"중국에서 비행하는 외국인 기장은 한 달에 단 하루 웃는다." 바로 그날, 월급날이었다.

chapter 3

조종사도

사람입니다

조종사도
실수를 한다

　가끔 뉴스에서 '실수'로 인한 사고를 접하게 된다. 실수는 '고의가 없는 오류'이지만, 그 정도와 결과에 따라 책임의 무게는 달라진다. 세상의 거의 모든 직업이 직간접적으로 사람의 생명과 연관되어 있지만, 실수가 곧바로 생명과 직결되는 직업은 극히 일부다. 조종사는 분명 그중 하나다.

　사람은 실수를 한다. 하지만 조종사들은 실수를 줄이기 위해 제도적으로, 그리고 개인적으로 끊임없이 노력한다. 나 역시 조종사로서 가끔 실수를 한다. 다행히도 대부분은

웃어넘길 수 있는 수준이지만, 그럴 때마다 스스로를 채찍
질한다. '정신 차려! 지금 뭐 하는 거야?'

실수가 고의가 아니라 해도, 마음가짐이나 멘탈, 신체 상
태에 따라 실수의 빈도와 크기는 달라진다. 그리고 때로는
모든 준비를 해도 피할 수 없는 실수도 있다. 결국, 완벽한
사람은 없는 법이다.

"기장님, 자동 비행장치의 방향 전환 버튼이 말을 듣지
않습니다!"

1998년 어느 날, 중국의 한 공항을 출발해 서울로 향하
는 비행기에서 부기장이 외쳤다. 그 부기장은 바로 나였
다. 당시 나는 부기장 임명 2년 차, 경험이 많지 않은 시절.
그날은 꽤 친했던 기장님과의 비행이었다. 인천공항이 개
항하기 전이라 김포공항이 서울의 관문이던 시기였다.

하루 왕복 비행을 하면 보통 기장과 부기장이 한 번씩
조종을 나누어 맡는다. 상황에 따라서 그 두 번의 비행을
모두 기장이 조종하거나 부기장이 하는 경우도 있었다. 비
행을 누가 할지는 기장의 권한이다. 다시 말해 부기장이

조종 기회를 얻느냐, 마느냐는 전적으로 기장에게 달렸다는 말이다.

　사실 조종이라면 결국 이착륙을 누가 하느냐의 문제다. 항로상에서의 조종은 자동 비행장치를 이용해 모든 것을 버튼으로 조작하다 보니 부기장들에겐 큰 의미로 다가오진 않는다. '뭐든 많이 해본 사람이 잘한다.'는 말처럼 이착륙도 결국 많이 해보고 경험이 쌓여야 잘하게 된다. 더욱이 부기장들은 기장 승급에 필요한 이착륙 횟수를 채우는 것에도 민감하다. 시간이 지나면 대부분 충족이 되는 조건임에도 저경력 부기장 시절에는 숫자 채우는 것에 연연하게 된다. 흡사 엄마를 따라 마트에 가는 아이의 심정과 비슷하다. '오늘은 엄마가 아이스크림을 사주시려나?!'

　그날은 김포에서 출발해 중국에 도착하는 비행은 기장이 했다. 내심 '돌아갈 때는 내가 이착륙을 할 수 있겠지?' 하며 속으로 '아이스크림'을 상상하고 있었다. 하지만 중국 공항에서 다시 이륙할 때도 기장이 직접 조종을 했다. 속으로 '오늘은 아이스크림이 없나 보네.' 하고 체념하던 찰나, 순항 고도에 도달한 후 기장님이 말을 꺼냈다.

"자네가 김포에 내려."

드디어 기회가 왔다. 김포 착륙까지 남은 약 40분간 조종을 맡게 되었고, 기장님은 관제사와의 교신을 담당했다. 중국에서 대한민국 영공으로 진입한 직후, 관제사의 지시가 들려왔다.

"○○항공 123편, 우측 120도로 선회하세요."

기장님이 응답했다.

"로저. 120도 방향으로 우선회합니다."

나는 자동 비행장치의 버튼을 돌려 기수를 120도로 맞췄다. 하지만 비행기는 움직이지 않았다. '어, 뭐지?' 당황한 나는 다시 한번 설정을 확인했다. 분명히 맞게 했는데도 비행기가 반응하지 않았다. 결국 기장님에게 얘기했다.

"기장님, 이상합니다. 비행기가 먹통입니다."

경험이 많았던 기장님도 순간 당황한 듯 보였다. 나는 즉시 결정을 내렸다.

"기장님, 오토파일럿을 해제하고 수동 조종으로 전환하겠습니다."

순항 고도에서는 자동 비행이 일반적이지만, 관제 지시를 따르려면 직접 조종할 수밖에 없었다. 그런데 그 순간,

기장이 관제사에게 이렇게 말했다.

"저희 비행기가 방향 전환이 되지 않고 있습니다."

우리는 그때 대한민국 공역의 최북단을 비행 중이었고, 침범해서는 안되는 비행 금지 구역과 매우 가까운 위치였다. 그런 민감한 지역에서 비행기가 말을 듣지 않는다는 갑작스러운 보고에 관제센터는 즉시 비상 체제에 돌입했다.

"○○항공 123편을 제외한 모든 항공기는 교신을 중단하세요!"

기장님은 긴장한 채 침묵했다. 나는 조심스럽게 조종간을 움직이며 서서히 기수를 돌리고 있었다. 순간적으로 판단해야 했다.

"기장님, 수동 비행으로 우선회를 시도하고 있다고 다시 보고해야 합니다!"

그제야 기장은 관제사에게 보고했고, 이후 새로운 지시가 내려왔다.

"○○항공 123편, 지금 우선회하기엔 애매합니다. 왼쪽으로 한 바퀴 돌고 기수를 150도로 유지하세요."

우리는 서서히 안정을 되찾았고, 자동 비행 장치를 다시 작동시켜 김포공항에 무사히 착륙했다. 별다른 사고는 없였지만 비정상적인 비행이 있었던 만큼 사후 조사가 진행되었다. 나중에 밝혀진 일이지만 기장님과 나는 치명적인 실수를 저질렀다.

기장님의 실수는 이랬다. 방송을 마치고 조종을 내게 넘겨주는 과정에서 오토파일럿이 해제되었음에도 이를 확인하지 않았다. 나 역시 조종을 인수 받은 후 오토파일럿 상태를 정확히 점검하지 않았다.

어느 심리학 박사는 이렇게 말했다. "스트레스는 너무 높아도 실수를 유발하지만, 지나치게 낮아도 집중력을 흐트러뜨린다."

그날 이후, 나는 내 나름의 스트레스 레벨을 유지하는 법을 익혔다. 특히 친한 동료와 비행할 때 더욱 신경을 쓴다. 후배들에게도 늘 강조한다. "편한 기장과의 비행일수록 너만의 텐션을 유지해야 한다." 조종사는 사람이지만, 실수는 용납될 수 없다. 이를 막기 위해서라도 우리는 항상 경각심을 가져야 한다.

비행 훈련을
떠나다

　1995년 말, 나는 국내 모 대형 항공사의 조종 훈련생 모
집에 최종 합격했다. 12월부터 약 3개월간의 지상 교육을
받은 뒤, 1996년 3월 드디어 미국 캘리포니아로 비행 훈
련을 떠났다. 같은 기수로 선발된 17명은 회사에서 제공
한 보잉 747을 타고 출국했다. 다들 설렘과 기대에 부풀어
있었다. 우리의 훈련 기간은 약 10개월. 이곳에서는 3개월
간격으로 새로운 기수가 들어오고 나가면서, 항상 세 개의
기수가 함께 생활했다.

　도착한 첫날, 우리는 막내 기수였고, 이전에 몇 번 봤

던 바로 윗 기수 선배들과 인사를 나눴다. 그런데 분위기가 심상치 않았다. 윗 기수 선배들은 어딘가 눈치를 보는 듯했고, 가장 선배 기수들은 아예 우리를 쳐다보지도 않았다. '뭐야, 대체? 반갑게 인사라도 해 주지. 왜 저러는 거지…?' 머지않아 그 이유를 알게 됐다.

저녁 6시, 숙소에서 연락이 왔다.

"정복에 훈련모를 지참하고 모이랍니다."

윗 기수 선배가 전한 말이었다. 우리는 정해진 시간에 도착했다. 그런데 방 안의 분위기가 심상치 않았다. 우리 바로 위 기수 선배들이 2열로 줄을 서 있었고, 우리는 그들 뒤에 맞춰 섰다. 얼마 후, 정복에 훈련모를 눌러쓴 최선임 기수장이 문을 박차고 들어왔다. 잔뜩 화가 난 얼굴이었다.

"27기 기수장, 앞으로!"

우리는 28기였으니, 바로 윗 기수 선배가 불려 나갔다.

"너, 대체 뭐 하는 놈이야?"

'아니, 놈이라니…? 그리고 이 분위기 뭐지?'

순간 군대가 떠올랐다. 남자라면 가장 꾸기 싫은 꿈 중 하나가 다시 군대에 가는 꿈이라는데, 그게 현실이 됐다.

"후배 기수가 오면 더 잘해야 할 거 아니야!"

갑자기 26기 기수장이 소리치며 27기 기수장의 가슴을 퍽 내리쳤다. 우리도 미동 없이 침만 꿀꺽 삼켰다. '아… 이게 뭐야. 진짜 군대 다시 온 거야?' 비행 훈련이 힘들고 빡빡하다는 건 알고 있었지만, 이런 문화까지 있을 줄이야. 미국까지 와서 이럴 필요가 있나 싶었다. 동시에 앞으로 10개월이 너무 길게 느껴졌다. 몇 분 후, 또 다른 26기 선배들이 문을 열며 소리쳤다.

"활주로 25R 청소 담당, 전원 앞으로!"

27기 선배 세 명이 재빨리 뛰어나갔다.

"대체 청소를 한 거야, 안 한 거야? 전부 머리 박아!"

나는 순간 멍해졌다. '활주로를 훈련 조종사들이 직접 청소한다고? 그것도 딸랑 세 명이?', '이러다 집에 갈 때쯤 다들 람보 되는 거 아냐?' 그렇게 분위기가 극으로 치닫던 순간, 다시 문이 벌컥 열렸다. 여러 명의 26기 선배들이 들어오며 소리쳤다.

"웰컴 웰컴~!! 환영합니다, 28기 여러분!"

순간 정적.

뒤이어 들어온 건… 맥주 박스와 치킨.

엎드려 있던 27기 선배들이 일어나며 웃기 시작했다.

"아, 선배! 가슴을 그렇게 세게 치시면 어떡해요!"

"아, 나이 먹으니까 머리 박아도 잘 안 된다니까."

그제야 깨달았다. 이 모든 게 신입 기수를 위한 연극이
었다. 우리는 어리둥절한 채 선배들에게 이끌려 자리에
앉았다. 환영 파티가 시작되었고, 밤새 훈련 이야기와 농
담을 나누며 웃고 떠들었다. '아, 다행이다. 람보는 안 되
겠구나.' 신입 기수 환영 연극은 계속 이어졌고, 우리가
선배 기수가 되었을 때, 더욱 '악랄한 선배'의 모습을 보
여 주었다.

훈련 환경의
변화

사람들의 의식과 행동 양식이 세월에 따라 변하듯, 비행 훈련 환경도 점차 달라지고 있다. 미국에서 기초 비행 훈련을 마치고 한국으로 돌아온 나는 곧 '고등 비행 과정'에 들어갔다. 부기장이 되기 위해 필요한 면허를 취득했지만, 실제 부기장으로서 업무를 수행하려면 아직 많은 훈련이 남아 있었다.

이 고등 과정은 제주도에서 약 6개월간 진행되었다. 미국에서 탔던 프로펠러 비행기들과는 차원이 다른 고성능 쌍발기(雙發機, twin-engine aircraft, 두 개의 엔진을 장착한 비행기), 그리고 '비즈니스 제트기'로 불리는 7~8인승 소형 제트기를 조종하며, 본격적으로 에어라인 부기장이 되기 위한 과정을 밟아야 했다.

미국에서 자유로운 분위기 속에서 훈련을 받으며 '이제 진짜 조종사가 됐다'는 으쓱한 기분으로 제주도에 내려온 나와 동기들은 첫날부터 멘탈이 무너졌다. 미국 도착 첫 날, 선배들이 해 줬던 '환영 파티'가 떠올랐다. 그건 서프라 이즈 파티였지만, 여기서는 진짜였다.

훈련 첫날, 기수 담당 교관이 우리를 데리고 훈련원의 곳 곳을 소개했다. 그리고 교관실에 도착했을 때, 그곳에서 마주한 교관들의 눈빛은 서늘하고 매서웠다. 나이가 많아 보이는 한 고참 교관이 웃으며 말했다.

"이 녀석들, 이제 죽었어. 하하하." 훈련이 본격적으로 시작되면서, 동기들은 삼삼오오 모여 불만을 털어놓기 시 작했다.

물론, 수백 명의 생명을 책임지는 조종사가 되기 위한 과 정에서 긴장감은 필수적이다. 하지만, 가끔은 도가 지나치 다는 생각이 들었다. 훈련생 중에는 20대 후반부터 30대

초반까지 다양한 연령대가 있었고, 심지어 결혼해 아이까지 있는 동기도 있었다. 군대도 아닌, 일반 회사에서 맞아가며 훈련을 받는 것이 과연 정당한가?

훈련은 2인 1조로 진행되었다. 정도가 심했던 몇몇 고참 교관의 스케줄은 어느 팀이 한 번 더 타고, 덜 타고가 동기들 사이에서 갈등을 유발할 정도로 민감한 문제가 됐다. 여하튼 그렇게 고등 과정을 마치고 본사로 복귀한 후, 우리는 각자 타게 될 기종을 배정받았다.

기종이 배정되자마자 기종 훈련이 시작되었다. 고등 과정만큼은 아니었지만, 이 훈련 역시 절대 만만치 않았다. 나는 출퇴근하며 시뮬레이터 센터에 다녔다. 멀리서 센터 건물이 보일 때쯤이면, 가슴이 벌렁거리기 시작했다. 그렇게 약 6개월간의 혹독한 훈련이 진행되었다. 이제 남은 것은 소형기 부기장으로서의 마지막 관문, 비행 교육이었다. 나는 운 좋게 '마음씨 좋은 교관'을 만났다. 그리고 덕분에 다른 동기들과 달리 비교적 적은 스트레스를 받으며 훈련을 진행할 수 있었다. 하지만, 시간이 지나면서 깨달았다. 그 교관이 마음씨가 좋았다기보다 교육에 열의가 없었다

는 것을. 그는 거의 잔소리를 하지 않았다. 나는 훈련이라
기보다는 단순한 조수처럼 비행기에 실려 다니는 느낌이
었다. 착륙할 때는 랜딩 기어를 내리고, 교관이 말하는 대
로 플랩을 조작하는 것이 전부였다.

어느 날, 회사는 모든 교육과 훈련을 중지했다. 1990년
대 후반, 항공 사고가 연이어 발생했다. 괌 사고부터 상해,
런던, 서울, 울산, 포항… 장소를 가리지 않고 추락하거나
기체가 대파되는 등의 대형 사고가 연이어 터졌다. 결국,
회사는 미국의 대형 항공사에 컨설팅을 의뢰했다. 하지만
그 결과가 그리 놀랍지는 않았다.

조종실 문화뿐만 아니라, 교육 시스템 자체에 수많은 문
제점이 지적되었다. 회사는 이 컨설팅 결과를 긍정적으로
수용했고, 큰 변화가 일어났다. 시뮬레이터 훈련팀은 보잉
과 에어버스의 훈련팀에 전적으로 맡겨졌고, 모든 교관이
외국인으로 교체되었다.

단순히 한국인 교관과 외국인 교관의 문제가 아니었다.
곪을 대로 곪아 있던 훈련 시스템에 제대로 된 개혁이 시
작된 것이다. 20년 동안 회사 정책에 불만이 많았지만 이

것만큼은 정말 환영할 만한 일이었다. 그리고, 이 변화는 결국 대한민국의 비행 환경 전반을 바꾸는 계기가 되었다.

훈련이 중단된 지 약 두 달 후, 다시 훈련이 재개되었다. 그런데 내 담당 교관이었던 '마음씨 좋은 교관'은 다른 대형기로 전환을 가고 없었다. 나는 선배들에게 바뀐 교관에 대해 물었다. 선배들은 한결같이 같은 반응을 보였다.

"어떡하냐. 그분, 우리 기종에서 제일 힘든 교관 중 한 분인데."

새 교관과의 첫 비행은 새벽 김포-제주 첫 편이었다. 내가 아주 싫어하는 새벽 비행이었다. 당시엔 일반 비행도 평균 2시간 반 전에는 부기장들이 먼저 출근해야 했다. 기장이 오기 전에 준비해야 할 것들이 많았기 때문이다. 상황이 그랬으니 훈련 중인 소위 학생 부기장들은 적어도 3시간 전에 출근해야 했다. 새롭게 만난 교관은 40대 초반으로 생각보다 젊은 분이었다.

"안녕하십니까, 교관님. 처음 뵙겠습니다."

나중에 알게 됐지만 그 당시엔 훈련받는 부기장이나 기

장들은 자신의 담당 교관에게 전화로 먼저 인사를 하곤 했
다. 나는 그 분께 미리 전화도 하지 않은 상태였다. 용감해
서가 아니라 뭘 잘 몰랐기 때문이다.

"어, ○○○씨? 반갑습니다. 나 홍길동 교관이야."

나는 순간 귀를 의심했다. 당시에는 훈련생에게 반말하
는 교관이 대부분이었고, 심지어 인사조차 받지 않는 경우
도 허다했다. 그 당시로는 거의 있을 수 없는 교관의 말투
였다. 교관과 첫 비행을 마친 후, 그는 이렇게 말했다.

"○○○씨, 지식 수준이 똥이야."

본사로 돌아와 훈련 브리핑을 하기 전 내게 건넨 그 분
의 첫 마디였다. 하지만 이상하게도 기분이 나쁘지 않았
다. 그냥 나 자신이 한심해 보일 뿐이었다. 이후 그 덕분인
지 나는 밤낮으로 공부했고, 점점 교관과 통하기 시작했
다. 비행 실력도 빠르게 늘어갔고, 물어보는 질문도 대답
하지 못하는 것이 거의 없어졌다. 홍길동 교관은 안전상
추가로 탑승하는 '뒷방' 선배 부기장에게 본인의 담당 학
생인 나를 자랑하는 일도 많았다. 교관님은 학생이 잘못할
때 따끔하지만 마음이 다치지 않게 지적을 했고, 잘하는

부분에 대해서는 칭찬을 아끼지 않는 분이었다. 실제로 나이는 비교적 젊은 편이었지만 기종 내에서 비행 잘하기로도 유명한 분이셨다. 나는 이해가 되지 않았다. '아니 이렇게 훌륭한 교관님이 대체 왜 기종 내에선 소위 기피 교관으로 소문이 났을까?'

당시 '좋은 교관'으로 불리는 사람들에게는 몇 가지 공통적인 특징이 있었다. 대체로 잔소리가 적은 교관들이었다. 내가 처음 만났던 교관도 그랬다. 즉, 적당히 넘어가는 교관들을 선호했다는 의미다. 나중에 내가 기성 부기장이 되어 정기 비행 심사에서 홍길동 교관을 다시 만났다. 그는 국토교통부 위촉 심사관 자격으로 조종실 뒷자리에 탑승했고, 심사 대상은 앞자리에 앉은 부기장 즉 나와 옆자리의 기장이었다. 그날 심사를 받았던 기장은 홍길동 교관보다 군 경력이 한참 더 많은 선배였다.

심사는 김포에서 울산으로 갈 때는 기장이 조종하고, 김포로 돌아올 때는 내가 조종하는 방식으로 진행되었다. 울산에 도착한 후, 국내선 기내식인 도시락을 먹는 동안 홍길동 교관이 항공기 외부 점검을 선배 기장 대신 나가서 수행했다. 그러자 나와 함께 심사를 받던 기장이 불만을 터뜨리기 시작했다.

"아니, 나보다 한참 후배 주제에 어디서 잔소리야? 아래 위도 없는 놈 같으니라고…" 그렇다. 홍길동 교관은 할 말은 하는 사람이었다. 훈련 비행을 대충 적당히 넘어가며 "부기장은 교육이 끝난 후 비행하면서 배우는 거야"라고 말하는 교관들도 있었다. 하지만 홍길동 교관은 올바른 열정을 가지고 교육에 임했다. 그는 대충 가르치지도 않았고, 인격적인 모욕을 주지도 않았다. 진정 교관다운 교관이었다.

나는 아직도 그를 가장 존경하는 선배 조종사 중 한 명으로 기억한다. 비행 교관이 아니었을지라도, 기장으로서 선후배 조종사를 대하는 태도는 늘 본받고 싶었다. 그런 조종사들이 있었고, 그들에게 배운 젊은 기장들이 실제 비행 환경을 개선하는 데 큰 기여를 했다. 그리고 그 변화는 지금도 계속되고 있다.

교관에
맞서지 말라

  2년여의 소형기 부기장 시절을 마치고, 나는 드디어 대형기 전환 훈련에 입과했다. 다행히 기종을 선택할 기회가 주어졌고, 나는 A330을 선택했다. 그리고 그 선택을 단 한 번도 후회한 적이 없었다. 각종 훈련 일정을 소화한 후, 드디어 마지막 관문인 비행 훈련에 돌입했다. 조종사들 사이에는 이런 말이 있다.

  "절대로 교관에 맞서지 말라. 교관과 사이가 틀어지면 훈련이 어려워진다."

이것은 비단 비행 훈련에만 해당하는 이야기는 아닐 것이다. 심지어 외국인 기장들조차 내게 같은 조언을 했다.

"나는 여러 나라의 항공사에서 비행했지만, 교관과의 관계가 정말 중요하더라. 교관이 '2+2=3'이라고 해도, 대세에 지장이 없다면 그냥 '예, 알겠습니다' 하고 넘어가라."

그만큼 사람과의 관계를 잘 유지하는 것은 실력만큼이나 중요한 일이었다. 모든 사람이 다 다르듯, 교관도 각기 다른 성향을 가지고 있다. 약 두 달간의 비행 훈련 중, 나는 '힘든 교관'을 두 번 만났다. 물론, 어디까지나 내 기준에서의 이야기다. 첫 대면에서 인사도 하기 전 비행 관련 질문을 퍼부어 당황하게 만들었고, 뭔가를 하려는 순간마다 지적하며 "넌 비행 준비를 한 거야, 안 한 거야?"라는 핀잔을 들어야 했다.

비행 훈련의 막바지, 심사를 앞두고 교관의 추천을 받아야 하는 중요한 비행이 있었다. 김포-부산 왕복 비행으로, 이 추천을 받아야만 심사 비행 스케줄이 잡히는 것이다. 그날 만난 교관은 처음에는 특별히 까다롭지 않았다. 하지만 비행이 끝난 후 김포공항에 착륙하자마자 그의 목소리가 점점 커지기 시작했다.

"야, 너 접근을 왜 그렇게 하는 거야? 플랩은 왜 그렇게 늦게 쓰고, 접근 속도는 또 왜 나중에 맞춰?"

이런 상황에서 추천을 받아야 하는 나로서는 단순히 "죄송합니다."라는 말로 넘길 수 없었다. 최대한 예의를 갖춰 설명했다.

"아, 그게, 교관님, 김포공항에 얼마 전 새로운 절차가 발간되었습니다. 그래서 그 절차를 적용하느라…"

사실, 그 '새로운 절차'는 이미 1년 가까이 된 것이었다. 비행 절차에는 반드시 준수해야 하는 것과, 비교적 유연하게 적용할 수 있는 것들이 있다. 내가 언급한 절차는 플랩 사용 시기와 접근 속도 제한에 관한 것이었고, 관제 기관에서 이를 정확히 확인할 방법이 없었다. 따라서 지키는 조종사도 있었고, 그렇지 않은 조종사도 있었다. 하지만 중요한 추천 비행에서 이를 무시할 수는 없었다. 그때, 조종실에는 부기장 훈련 시 안전 목적으로 추가 탑승하는 기성 부기장이 있었다. 교관은 그를 돌아보며 물었다.

"야, ○○○. 그런 절차 나온 게 있어?"

그 선배 부기장은 순간 당황한 듯 나를 바라보며 말했다.

"○○씨, 뭔가 착각하신 것 같아요."

순간 충격이었다. 부기장들은 일반적으로 기장보다 새로운 절차를 빨리 숙지하는 편이다. 더구나 그 선배는 소형기 시절부터 함께 비행했던 사람이었기에, 그 절차를 모를 리 없었다. 교관은 격분하며 내게 소리쳤다.

"너 비행을 네 멋대로 하는구나! 더군다나 있지도 않은 절차가 어쩌고 하면서 거짓말까지 해?"

비행을 마친 후, 승무원 셔틀버스를 타고 본사로 향하는 길에서도 교관의 분노는 사그라지지 않았다.

"너 말이야, 내가 내일 기종 팀장에게 정식으로 리포트할 테니 그렇게 알아!"

추천서를 작성해야 할 교관은 잔뜩 화가 난 채 사복으로 갈아입으러 가 버렸다. 나는 너무 억울해서 함께 탑승했던 선배에게 따지듯 물었다.

"선배님, 작년 소형기 탈 때 나왔던 그 절차 아시잖아요?"

"알죠. 그런데 교관님한테 그렇게 하면 안 돼요."

아무리 생각해도 이건 아니었다. 있는 절차를 수행한 게 죄인가?

"리포트 하라고 하시죠. 저도 팀장님께 리포트하겠습니다. 어떻게 교관이 1년 전에 나온 절차의 존재조차 모를 수 있습니까?"

20분쯤 후 사복으로 갈아입고 나온 교관이 내게 말했다.

"일단 오늘 추천은 해 주겠지만, 그 절차에 대한 건 나중에 꼭 문제 삼겠다."

그렇게 그는 추천서를 던지듯 내게 주고 휙 나가 버렸다.

어쨌든 나는 추천을 받았고, 며칠 뒤 최종 심사 비행이 잡혔다. 그리고 무사히 심사를 통과했다. 훈련 기록부를 제출하고, 새로운 기종 팀장들에게 인사드리기 위해 회사를 방문했을 때였다. 저 멀리 추천 비행 때의 그 교관이 서 있었다. '하필 지금 저분과 마주치다니.' 아직도 추천 비행 때의 일에 화가 나 있었지만, 꾹 참고 다가가 공손하게 말했다.

"교관님, 추천해 주신 덕분에 어제 최종 심사를 무사히 마쳤습니다. 감사합니다."

그런데 뜻밖이었다. 교관은 환하게 웃으며 내 옆구리를 툭 치며 말했다.

"수고했어, 축하한다. 나중에 비행할 때 또 보자."

대체 무슨 일이 있었던 걸까? 추천 비행 이후, 나도 그도 어떤 리포트도 올리지 않았는데 왜 갑자기 태도가 바뀐 걸까? 아무튼, 그렇게 나는 새로운 기종의 부기장이 되었고, 대형기 부기장으로서의 긴 여정이 시작되었다.

나중에 그 교관과 여러 번 함께 비행할 기회가 있었고, 제법 친한 사이가 되었다. 하지만 우리는 그날의 일에 대해 단 한 번도 언급하지 않았다. 사과도, 해명도, 어떤 설명도 없이 그저 그렇게 흘러갔다. 내 비행 생활에서 교관에게 직접적으로 맞선 것은 그때가 유일했다. 문제가 없었던 이유는 팩트에 근거한 '맞섬'이었고, 무엇보다도 바로 다음 비행이 심사 비행이었기 때문일 것이다. 만약 그 교관과 훈련을 더 이어가야 하는 상황이었다면, 팩트가 내 편이라 해도 훈련이 순조롭지는 않았을 것이다.

겸손하게
비행하라

"초심을 잃지 말라.", "자신의 능력을 과신하지 말라."

많은 직업에서 자주 듣는 말이고, 조종사 역시 마찬가지다. "경험이 많을수록 더 나은 조종사가 아닙니까?"라고 묻는다면, 맞는 말이면서도 반드시 그렇지만은 않다고 답해 주고 싶다. 지속적인 경험과 지식이 요구되는 기술직에서는 '고경력'이 반드시 긍정적인 요소가 되지 않는다는 말이다.

경력이 쌓일수록 자신의 능력을 과신한 나태함이나, 심

각한 실수를 저지르는 경우도 적지 않다. 조종사들 중에는 타고난 감각을 지닌 사람들이 꽤 있다. 습득이 빠르고, 여러 방면에서 지각 능력이 뛰어난 사람들. 비행은 한 번에 여러 요소를 동시에 고려하며 수행해야 한다. 그 과정은 매우 빠르게 진행되며, 단계별 절차를 정확하게 지켜야 한다. 어릴 때부터 '눈썰미가 좋다'거나 '손재주가 뛰어나다'는 말을 자주 들었던 사람들은 비행 감각이 뛰어나다는 칭찬도 자주 받는다. 나 역시 그랬다. 하지만 그런 사람일수록, 혹은 경험이 많을수록 더욱 겸손해야 할 이유가 있다.

2010년 초, 나는 많은 교관들로부터 칭찬을 받으며 우수한 성적으로 신임 기장이 되었다. 신임 기장이 되면 누구나 하고 싶어하는 일이 있다. 그중 하나가 바로 비행 교관이다. 비행 교관은 여러 요소를 고려해 일부만 선발하는데, 이는 곧 능력을 인정받았다는 의미이기도 했다. 또한 훈련 조종사나 훈련을 앞둔 기장, 부기장들에게 비행 교관은 한없이 커 보이는 존재였다.

많은 기성 교관(교관 교육을 마치고 현재 교관 업무를 하고 있는 교관 기장)들이 나에 대한 좋은 평가를 했고, 비행 교관이 되는 것이 당연하다는 분위기였다.

"기장님, 500시간 되면 교관 하셔야 하니까 안전하게 잘 다니세요." 말 그대로 '따 놓은 당상'이었다. 나는 마치 이미 교관이라도 된 듯, 어깨가 한껏 올라가 있었다.

그해 겨울, 나는 일본의 작은 도시 고마쓰로 비행을 가게 되었다. 그전에도 한 번 가본 곳이라 특별한 긴장감 없이 비행을 준비했다. 비행 전 브리핑에서 부기장이 말했다.

"기장님, 고마쓰 기상이 많이 나쁘네요."

그날 부기장은 나보다 한 살 어리지만, 기종 내에서는 꽤 고참급인 사람이었다. 나는 신참 기장으로서 자신감을 잃지 않기 위해, 얼굴에 힘을 주며 말했다.

"그러네요, 안전하게 잘 다녀옵시다."

속으로는 의기양양했었다. 하지만 그때까지는 몰랐다. 내가 어떤 곤경을 겪게 될지.

서울에서 한 시간 반을 날아 고마쓰 근처에 도착했을 때, 우리는 최신 기상 정보를 요청했다. 공항 날씨는 비행 전 브리핑 때와 크게 다르지 않았다. 눈이 내리고, 바람이 약간 강한 정도. 하지만 공항 주변과 상공의 기상은 훨씬 나빴다. 비행 컴퓨터 셋업과 착륙 준비를 모두 마친 후, 우리는 접근 허가를 요청했다. 그러나 갑자기 관제탑에서 예상치 못한 지시가 내려왔다.

"○○항공 125편, 잠시 대기하세요. 활주로를 바꿀 예정입니다."

기상 변화가 거의 없었는데도, 활주로가 가까운 쪽으로 변경되었다. 하지만 문제는, 우리가 반대편 활주로 착륙을 준비한 상태였다는 것. 즉, 우리가 현재 있는 고도는 새로운 활주로에 착륙하기엔 너무 높았다.

"○○항공 125편, 지금 접근 가능하시겠습니까?"
그때 부기장이 조심스럽게 물었다.
"기장님, 뭐라고 할까요?"
나는 잠시 고민했다. 사실 조금 더 고도를 낮춘 후 접근을 시작하는 것이 안전했지만, 나는 이렇게 답했다.
"음, 괜찮을 것 같네요. 접근한다고 하시죠."

'비행 좀 한다는 자신감'이었을까, 옆자리 고참 부기장 앞에서 없어 보이고 싶지 않은 마음 때문이었을까. 정상보다 높은 고도와 엄청나게 불어대는 뒷바람을 감당할 수 있을 거라는 막연한 자신감 때문이었을지도 모르겠다. 그것이 어떤 마음이었건 그렇게 착륙 접근이 시작되었다.

보다 빨리 강하하기 위해 날개에 달린 각종 저항 장치를 적극 사용해야 했다. 아래로 내려오는 플랩이며, 위로 올라오는 스피드 브레이크며 모든 장치를 말이다. 그러나 강한 뒷바람 때문에 예상만큼 강하가 이루어지지 않았다.

"안 되겠다. 랜딩 기어 내립시다!"
비행기에서 가장 강한 저항을 만들어낼 수 있는 랜딩 기어까지 내렸지만, 글라이드 슬롭(glide slope, 접근각 지시계)는 여전히 정상보다 높다고 경고하고 있었다. 활주로가 가까워질수록 불안감이 엄습했다. 부기장이 조언했다.

"기장님, 플랩을 조금 더 써보시죠."
나는 조언을 받아들였고, 조금씩 정상 접근각에 가까워지기 시작했다. '그래, 거의 다 왔어. 조금만 더.' 나는 마지막 마무리 조치로 오토파일럿 조작 판넬의 스위치를 돌렸다. 그런데, 갑자기 중앙을 향해 올라오던 글라이드 슬롭이 다시 중앙에서 멀어지기 시작했다. 고도는 약 700미터, 곧 착륙해야 하는데 비행기는 내 생각과 반대로 움직였다. 순간, 말로 표현할 수 없는 공포감이 들었다. 내가 평소에 작은 기체라고 생각했던 보잉 737이, 갑자기 말을 듣지 않는 거대한 괴물로 변해버린 느낌이었다. 더 이상 지체하면 착륙이 불가능할 수도 있었다.

"오케이, 매뉴얼(수동) 비행으로 전환합니다!"

수동 비행으로 전환했지만 빠른 속도와 높은 고도를 감당하지 못하고, 고어라운드를 해야 했다. 저고도에 불어대는 뒷바람은 더욱 강해졌고, 비행기는 요동쳤다. 내 당황한 마음이 그대로 드러났는지, 고어라운드 과정에서도 추가적인 실수가 나왔다. 잠시 공중 대기를 한 후, 우리는 재접근을 요청했고 간신히 고마쓰 공항에 무사히 착륙했다.

일주일 뒤, 기종 팀장의 전화가 왔다.

"기장님, 고마쓰 비행 건으로 회사에 나오셔야겠습니다."

별다른 징계는 없었지만, 나는 한동안 마음고생을 해야 했다. '당연히 될 것'이라 생각했던 비행 교관 임명도 없던 일이 되어 버렸다. 그렇게 호된 신임 기장의 '신고식'을 치르고 느낀 바가 컸다.

결과적으로 내가 마무리 조치로 돌렸던 스위치 조작 실수가 직접적인 원인이었다. 하지만 애초에 관제사에게 조금 더 고도를 내려가서 접근을 하겠다고 했었더라면 아무런 문제가 없었을 것이다. 비행은 그렇게 늘 겸손하게 해야 한다는 것을 그날 배웠다. 수백 톤의 비행기는 언제고 내가 손을 쓸 수 없는 괴물로 변할 수 있다는 것을.

고마쓰에서의 경험은 15년이 지난 지금도 생생하다. 나는 후배들에게 술자리에서 가끔 이렇게 묻곤 한다. "내 비행기가 무서운 괴물로 변하는 걸 경험해 봤어?"

완장을
차다

여러 기종이 섞여 있는 대형 항공사에서의 비행 생활은
꽤 다채롭다. 소형기 부기장으로 입사한 후 최종적으로 대
형기의 기장이 되기까지는 오랜 시간이 걸린다. 내 경우,
15년이 걸렸다. 예외적인 경우도 있지만, 나는 부기장 시
절 탔던 대형 기종으로 다시 돌아와 기장이 되었다.

소형기와 대형기는 여러 면에서 극명한 차이를 보인다.
그래서 조종사들 사이에서도 선호하는 기종이 제각각이
다. 나는 대형기를 선호하는 편이다. 큰 시차와 오랜 비행

시간을 감내해야 하지만, 출근이 적고 휴일이 상대적으로 많은 대형기 스케줄 패턴이 더 마음에 들었다.

737 기장으로 약 2년이 지나던 어느 날, 훈련팀에서 전화가 왔다. 훈련 업무직을 맡아달라는 팀장의 요청이었다. 소형기 부기장 시절 함께 비행했던 선배의 제안이었고, 초기에 하지 못했던 비행 교관을 떠올리면 꽤 탐나는 기회였다. 하지만 그 요청을 수락하면 최소 2년 이상 737을 더 타야 했다. 6개월만 기다리면 대형기로 전환할 수 있었던 시기였다. 나는 큰 고민 없이 행정직을 포기하고 '대형기 전환'을 선택했다.

A330으로 돌아온 지 1년이 지났을 무렵, 기종 승무 팀장에게 전화가 왔다. "김 기장, 잘 지내나? 이제 330으로 돌아온 지도 꽤 됐는데, 일 좀 해야지?" 조종사의 주업무는 당연히 비행이지만, 훈련, 심사뿐만 아니라 기종 내 각종 행정 업무를 수행할 조종사도 많이 필요했다. 앞서 언급한 비행 교관도 비행 외에 교관 업무를 겸직하는 형태였다. 나는 승무 그룹장 자리를 제안받았다.

A330은 당시 20대가 넘는 대형 기종으로, 조종사만 200명이 훌쩍 넘었다. 그룹장은 총 4명이었고, 그중 한 명이 된다는 것은 능력을 인정받았다는 의미이기도 했다. 승무 그룹장의 역할은 각종 행정 업무를 수행하며, 비행 중 기장과 부기장들의 애로 사항과 건의 사항을 수집하는 것이었다.

한 번은, 동남아 비행을 나갔다. 함께하는 부기장은 처음 보는 사람이었다. 그런데 그는 예전과 다른 호칭으로 나를 불렀다.

"그룹장님, 처음 뵙겠습니다. 제 소개 드리겠습니다."

물론 여전히 나를 기장님이라 부르는 사람들도 많았지만, 점점 더 많은 사람들이 '그룹장님'이라 부르기 시작했다. 조금 어색했다. 하지만 솔직히 거부감이 들 정도는 아니었다. '아, 이래서 사람들이 완장(?)을 좋아하는구나.' 하는 생각이 들었다.

나는 맡겨진 일은 최선을 다해 노력하는 편이었다. 비행을 하면서 조종사들의 허심탄회한 이야기를 모아 한 달에 한 번 열리는 승무 회의에서 적극적으로 의견을 냈다. 승무 회의는 전 기종의 승무 팀장과 그룹장들이 모여, 운항 부본부장의 주재로 진행되는 회의였다. 하지만 회의에서 의견을 많이 내다 보니, 때때로 선배들의 시선을 느껴야 했다.

가끔 "저 친구는 의욕이 너무 앞서는구만." 팀장을 몇 년 씩 맡아온 선배 기장들에게는 이제 갓 그룹장이 된 내가 올리는 의견들이 그리 곱게 보이지는 않았던 모양이다. 하지만 나는 자리만 차지하면서 '팀장님, 그룹장님'으로 군림하고 싶지는 않았다. 그런 내 모습이 좋게 보였는지, 당시 운항 부본부장은 내게 다양한 업무를 맡기셨다.

그렇게 그룹장으로 2년을 보내고 있을 때, 함께 일하던 한 팀장이 자리를 내려놓으면서 나를 추천했다. 하지만 다른 그룹장들은 모두 나보다 경력이 높은 선배들이었다. 사실 그룹장으로 일하면서 여러 제안과 의견을 냈지만, 경력이 부족하다는 이유로 기종 팀장들 사이에서 내 의견이 쉽게 묵살되기도 했다.

'그래, 팀장이 돼서 더 열심히 해보자!' 그렇게 마음을 다

잡고 한 달 후, 팀장 인사 명령이 발표되었다. 하지만 내 이름은 없었다. 대신, 다른 그룹장의 이름이 올라갔다. 한 팀장의 말에 의하면 내가 후보에 올라가긴 했지만 윗선에서 출신의 균등 분배 차원으로 나와 다른 출신의 그룹장을 고르게 되었다고 했다. 뭐, 다른 사회에서도 흔히 있는 일이라지만, 실망감은 컸다.

'2년간 열심히 했는데, 결국 이런 식으로 결정되는 건가.' 그 이후 나는 고민이 깊어졌다. 그전처럼 열정적으로 업무에 집중하기가 어려웠다. 그렇지 않아도 많은 동료 기장들이 중국 항공사로 이직하고 있던 시기였다. 나는 전혀 외항사로 나갈 생각이 없었지만, 마음이 점점 싱숭생숭해졌다. 그렇게 약 1년이 흘렀고, 결정적인 한 사건을 계기로 나는 회사를 떠나기로 결심했다.

정말 마지막이 될 뻔한
가족 여행

20여 년을 몸담았던 회사를 떠나기로 결정했다. '이제 어디로 가야 할 것인가?' 많은 동료들은 중국의 엄청난 머니 파워에 이끌려 이직을 결심했다. 그러나 나는 중국만큼은 가고 싶지 않았다. 나 역시 돈이 싫은 것은 아니었다.

조종사 생활을 하면서 매달 한두 번씩 중국 노선을 다녀왔다. 그렇게 가끔 가는 것도 불편하고 싫었는데, 매일 비행해야 한다면? 내게 그것은 너무 가혹한 결정이었다. 갈 수 있는 외항사를 모조리 뒤지며 조사했다. 하지만 내가 보유한 A330 면허로 갈 수 있는 곳은 그 당시 제한적이었다. 그나마 가능했던 곳들은 계약 조건이 별로였고, 급여도 기대에 미치지 못했다.

"정말 중국으로 가야 하나?"

그렇게 나는 반강제로 중국행을 결정하고 퇴사를 준비했다. 내가 다니던 회사에서는 조종사들에게 매년 '부부 동반 여행' 티켓을 제공했다. 기장에게는 퍼스트 클래스, 부기장에게는 비즈니스 클래스, 그리고 3박의 호텔과 약간의 체제비까지 포함된 혜택이었다.

마지막 여행지는 천혜의 섬나라, 몰디브. 우리는 가성비가 좋다는 작은 섬의 리조트로 들어갔다. 그곳에서 마주한 풍경은 달력에서나 볼 법한, 황홀한 바다 풍경이었다. 나무로 만든 작은 집들이 가지처럼 바다 위로 길게 펼쳐진 수상 리조트. 짐을 정리하는 사이, 물놀이를 좋아하는 딸이 소리쳤다.

"아빠, 여기 대박이야!"

거실 밖으로 나가니 넓은 발코니가 보였고, 바다로 내려가는 계단이 있었다.

"와, 진짜 사진으로 보던 그대로네."

짐을 대충 정리한 뒤, 딸과 나는 먼저 바다로 내려갔다. 수영을 잘하는 딸은 물고기가 물을 만난 듯 신나게 스노클링을 즐겼다. 우리는 물고기를 찾아 둥둥 떠다녔다. 그렇게 점점 우리는 숙소와 멀어졌다.

딸은 새로 산 액션캠을 테스트하느라 물속을 들락날락했고, 나는 얼굴 전체를 덮는 특이한 수경을 썼다 벗었다를 반복했다. 그렇게 우리는 계속 물고기를 찾으며 떠다녔다. 그러다 문득, 모래 바닥이 사라지고, 발에 부서진 산호 조각들이 걸리기 시작했다.

"이제 돌아가자. 물고기는 이따가 다시 찾아보자."

나는 딸에게 말하며 돌아섰다. 그런데 어느새 바닷물이 내 가슴 가까이 차올랐다. 딸이 먼저 자유형으로 우리 숙소 쪽으로 향했다. 그런데 이상했다. 수영을 잘하는 딸이 앞으로 나아가질 않았다. 어느새 발은 땅에 닿질 않았고, 물색이 짙어진 걸 바로 알아차릴 수가 있었다. 조류는 온몸을 감싸며 우리를 점점 더 깊은 곳으로 밀어 넣었다.

순간, 온몸에 공포감이 밀려왔다. 딸과 나는 팔다리를 연신 움직였지만, 마치 마이클 잭슨이 문워크를 하듯, 몸은 계속 뒤로 밀려났다. 나는 딸을 바라보며 전력을 다해 팔과 다리를 저었다. 하지만 이미 기운이 빠지기 시작했다. 그때, 딸이 침착하게 말했다.

"아빠, 뒤로 배영해! 배영하면 돼!"

나도 알고 있었다. 힘이 빠지면 누워서 배영을 해야 한다는 것을. 하지만 긴장한 탓에 몸이 말을 듣지 않았다. 나는 어쩔 수 없이 목을 내밀고 버텼다. 그리고 숙소 방향을 살폈다. 리조트 쪽엔 아무도 보이지 않았다. 아내와 둘째도 이젠 너무 멀리 있었다. 나는 고래고래 소리를 질렀다.

"헬프 미! 헬프 미!"

그 순간, 문득 이런 생각이 들었다. '아니, 중국은 가보지도 못하고 여기서 죽는 거야?' 어이가 없었지만 옆의 딸을 생각하니 눈물이 났다. 딸은 옆에서 외쳤다.

"아빠, 기운 내! 정신 차려!"

나는 더 이상 버틸 힘이 없었다. 물속으로 점점 가라앉았다. 그리고, 결정해야 했다. 숨을 멈추고 바닷물을 들이마셔야 할 순간을 받아들여야 했다.

그 때 "아빠! 누가 오고 있어!!! 우리 살았어. 아빠!" 딸의 외침이 들렸다. 빨간 튜브를 든 한 남자가 엄청난 속도로 헤엄쳐 오고 있었다. 지금도 가끔 연락을 하고 지내는 내 생명의 은인, 리조트의 관리 직원이었다. 그렇게 나는 살아났다.

그 후 사흘 동안, 나는 물이 무릎까지만 차도 구명조끼를 입고 들어갔다. 귀국 후, 마지막 종료 비행을 끝내고, 드라마에서나 보던 '사표'를 던졌다.

몰디브의 이 경험은 차후 힘든 중국의 비행 생활에서 큰 버팀목이 되어 주었다. "다시 얻은 이 삶, 무엇을 한들 기쁘지 않겠는가." 하고 말이다.

사랑
합니다

태어난 나라를 떠나 타국에서 일한다는 것은 결코 쉬운 일이 아니다. 국제적으로 개방된 시대를 살고 있다지만, 중국이라는 나라는 여전히 이념이 다르고, 사람들의 사고 방식이나 행동 양식도 우리와는 크게 다르다. 많은 한국인 기장들이 중국행을 결정하고, 가족을 동반해 그곳으로 향했다. 특히, 자녀가 어린 기장들은 한국보다 높은 급여와 회사의 지원을 바탕으로 국제학교 입학이나 특례 혜택을 기대하며 이주를 선택하기도 했다. 그러나 꽤 늦은 시기에 중국행 비행기에 오른 나는 이미 그런 것들과는 무관한 상황이었다.

똑같이 A330 기장의 역할을 맡았지만, 회사가 바뀐 이상 바로 비행을 시작할 수는 없었다. 항공사마다 규정과 절차가 다르며, 나라가 다르면 훈련 기간이나 과정도 달라진다. 뒤늦게 합류한 나는 훈련이 시작된 지 얼마 되지 않아 최악의 상황을 맞닥뜨렸다. 비행 훈련이 시작될 무렵, 중국 내 다른 항공사에서 사고가 발생했다. 필리핀 마닐라로 향하던 중국 모 항공사의 보잉 737 비행기가 악천후 속에서 활주로를 이탈하는 사고를 당한 것이다. 문제는 그 비행기의 기장이 외국인이었고, 그것도 대한민국 출신이었다.

우리나라의 국토교통부와 같은 기관이 중국에도 있다. 바로 CAAC(중국 민항총국)이다. 사회주의 국가인 중국에서 이러한 기관의 영향력은 막강하다. 아니나 다를까, 중국 내 모든 항공사 소속 기장들을 대상으로 한 특별 심사 지시가 내려졌다. 우리나라를 비롯한 일반적인 국가에서는 이러한 사고가 발생하면 해당 조종사들에 대한 조사와 필요에 따른 처벌 및 특별 교육이 이루어진다. 그러나 중국에서는 모든 기장을 대상으로 혹독한 시뮬레이터 심사가 진행되었고, 실수라도 하면 곧바로 부기장으로 강등되는 상황이었다.

각 항공사에서는 "외국인 기장, 특히 한국인 기장이 타깃"이라는 말이 나올 정도로 탈락자가 속출했다. 원래도 까다로운 중국의 훈련 및 심사 환경에서 특별 심사를 기다리는 것은 공포에 가까웠다. 마치 소가 도살장으로 끌려가는 기분이랄까. 중국은 사회주의 국가답게 온라인 검열이 강하다. 우리가 익숙한 인터넷 서비스 중 상당수가 차단되어 있다. 구글, 유튜브, 카카오톡 같은 서비스는 VPN을 사용해야만 접속할 수 있었지만, 그마저도 연결이 불안정했다.

그럼에도 불구하고 나는 거의 매일 인터넷을 통해 한국과 통화를 했다. 비행을 시작한 지 30년이 되어 가지만, 장거리 비행을 나갔을 때 한두 번 연락하는 정도였던 내가 매일 전화를 했다는 것은 무엇을 의미할까.

군대 훈련소에 있을 때, 여자 친구보다 '엄마'가 더 그리 웠던 그 마음. 목소리를 듣는 것만으로도 잠시나마 마음의 평화를 찾았던 그 느낌. 이번에는 아내였다.

"괜찮으니까 힘들면 언제든지 돌아와."

이 한마디에 지치고 힘든 마음이 단숨에 치유되는 것 같았다. 그 말이 설령 진심이 아닐지라도, 나는 늘 아내에게 얼마나 고마운지 모른다. 사실, 안정적인 국내 대형 항공사를 그만두고 호기롭게 중국으로 떠난 남편이 매일 전화를 해 온다면 아내 입장에서도 반갑지만은 않았을 것이다. 어쩌면 나 못지않게 스트레스를 받았을지도 모른다. '받아 주는 것도 하루 이틀이지. 혹시 이러다 진짜 귀국해버리면 어쩌지?'

내가 중국 항공사와 맺은 계약 조건은 상당히 좋은 편이었다. 일부러 좋은 조건의 회사를 선택하기도 했지만, 한 달에 11일, 추가로 휴가를 사용하면 최대 14일까지 한국에 머물 수 있었다. 게다가 중국에서의 20일 중 매일 비행하는 것도 아니었다.

외국인 조종사 신분이었지만 비행은 국제선보다 오히려

중국 국내선이 더 많았다. 보통 국내선을 이틀 정도 운항하고 하루 쉬는 패턴이었으며, 장거리 국제선을 다녀오면 48시간의 휴식이 보장되었다. 비행 스케줄만 놓고 보면 한국보다 월등히 나은 조건이었다. 그럼에도 불구하고, 6개월마다 찾아오는 정기 심사와 신체 검사에 대한 스트레스는 항상 머릿속을 맴돌았다.

중국에 오기 전까지 나는 '내가 돈을 벌고, 아내는 가사와 아이들을 돌본다'는 것을 당연한 가정의 분업이라 여겼다. 하지만 중국에서의 생활을 통해 알게 되었다. 내가 힘들 때마다 나도 모르게 내 멘탈을 붙잡아준 사람이 아내였다는 사실을. 나만 돈을 벌며 가정을 책임지고 있다고 생각했지만, 실상은 아내도 나를 지탱해 주는 역할을 하고 있었다. 결혼 후, 진심 어린 아내의 사랑이 지금의 나를 있게 한 것이 아닐까. 갑자기 바뀐 비행 일정으로 인해 글을 쓰는 지금 나는 LA에 와 있다. 그런데 오후에 아내로부터 메시지가 도착했다.

"앞으로 쭉 행복하게 살자. 사랑해."

나는 감정 표현에 서툰 사람이다. 멋진 프로포즈도 하지 못했고, 살아오면서 "사랑한다"는 말도 자주 하지 못했다. 지금도 그런 표현이 익숙하지 않다. 하지만 오늘 같은 날에는 꼭 말해야 한다. 오늘은 우리 부부의 결혼 26주년 기념일이다. 갑자기 라디오 DJ가 된 기분으로 외쳐본다.

"가수 '팀'이 부릅니다. 사랑합니다."

조종사가
궁금하십니까

조종사 수가 예전보다 많이 늘어났다고 하지만, 여전히 이 직업은 많은 사람들에게 호기심의 대상인 듯하다. 해외에 나가면 몇 일 동안 체류하는지, 한 달에 얼마나 비행하는지, 급여와 복지는 어떤지 등 다양한 질문을 받곤 한다. 그래서 정리해 봤다.

1. 조종사의 체류

소형기와 대형기의 체류 패턴은 꽤 다르다. 비행 후 얼마 동안 체류하는지는 비행 편수에 따라 달라진다. 국내선의 경우, 하루에 네 편 정도의 비행을 마친 후 집으로 퇴근하는 것이 일반적이다. 다만, 밤늦게 도착하는 항공편이 있을 경우에는 숙소인 호텔에서 하룻밤을 보내고, 대부분 다음 날 오전 비행편으로 복귀하거나 또 다른 도시로 이동하게 된다. 일본과 중국 같은 인접 국가는 거리가 가까워 당일 왕복 비행이 가능하기 때문에 체류하는 일이 드물다. 그러나 비행 편수가 많은 경우에는 국내선처럼 저녁 비행기로 도착한 뒤, 다음 날 오전 비행편으로 복귀하는 일정이 생길 수도 있다.

반면, 동남아 이상 거리의 중·장거리 비행은 바로 왕복이 어려워 도착 후 호텔에서 체류해야 한다. 물론, 항공사의 운영 방식에 따라 동남아 노선에서도 두 팀의 조종사를 보내 체류 없이 왕복 운항을 하기도 하지만, 이는 드문 경우다.

조종사의 체류 기간은 다음 비행기가 들어올 때까지의 시간이라고 보면 된다. 예를 들어, 매일 운항하는 노선이라면 체류 시간은 24시간이 될 것이고, 주 1회 운항하는 노선이라면 최대 6박 7일까지 체류할 수도 있다.

내가 소형기 보잉 737을 운항하던 시절, 특이한 비행 일정이 몇 차례 있었다. 예를 들어, 인천에서 출발해 도쿄 나리타 공항에 도착한 뒤 약 1시간 머물다가 괌으로 이동하는 스케줄이었다. 괌에는 밤늦게 도착해 24시간 체류한 뒤, 다시 도쿄로 향했다. 도쿄에 아침에 도착한 후 호텔에서 하룻밤을 보낸 뒤, 다음 날 오전 비행편으로 인천으로 복귀하는 일정이었다. 이 일정 덕분에 처음으로 도쿄 시내를 낮에 돌아다닐 기회가 있었고, 부기장과 함께 시간을 보냈던 기억이 난다.

장거리 기종인 A330을 운항하면서도 독특한 체류 패턴을 많이 경험했다. 특히, 2015년경에는 무려 10박 11일짜리 비행 스케줄이 나왔던 적이 있다. 인천에서 출발한 비행기는 약 11시간 후 LA에 도착했다. 장거리 비행이므로 도착 후 당연히 추가 비행을 할 수 없었고, 우리는 호텔에서 LA-상파울루 비행 전까지 이틀간 체류했다. 이후, 상파울루에 도착한 후에도 이틀 동안 체류해야 했다.

이 일정은 나에게 특별한 의미가 있었다. 남극을 제외한 모든 대륙을 섭렵한 순간이었기 때문이다. 상파울루에 머무르는 동안, 동료들과 함께 브라질 국내선을 이용해 리우데자네이루를 다녀오기도 했다. 그때 흥미로웠던 점은 조종사 증명서를 제시하면 공항세만 내고 무료 항공권을 받을 수 있었다는 것이다. 덕분에 리우데자네이루를 부담 없이 방문할 수 있었던 신기한 경험이었다. 그렇게 상파울루에서 돌아오는 길에 다시 LA를 경유한 뒤, 인천으로 복귀했다. 한국 시간 기준으로 정확히 10박 11일이 지나 있었다. 당시 이 스케줄을 마치면 4일간의 휴무가 주어졌다.

조종사로 일하며 전 세계를 여행하는 것처럼 보이지만, 사실상 비행 일정과 체류 시간은 회사의 운영 방식과 스케줄에 따라 크게 달라진다. 하지만 때때로 예상치 못한 일정 속에서도 새로운 도시를 경험할 수 있는 기회가 주어지기도 한다.

2. 조종사의 휴식

조종사의 근무 환경 중에서 가장 궁금한 부분이 기내 휴식이 아닐까 싶다. 단거리 비행, 즉 우리나라 기준으로 비행 시간이 8시간 이내라면 조종사에게 별도의 휴식 시간은 주어지지 않는다. 하지만 직장인들이 화장실을 가고 점심을 먹고 커피를 마시듯, 조종사도 비행 중 생리적인 필요를 해결해야 한다. 다만, 조종사들은 이러한 행동을 할 때도 일정한 규칙을 따른다.

화장실은 주로 순항 중 교대로 다녀온다. 물론, 피치 못할 경우 상승 또는 강하 중에 잠깐 다녀오기도 하지만, 가능하면 해당 구간에서는 참는 것이 원칙이다. 예전, 기장들이 꽤 엄격하던 시절의 이야기다. 승객 탑승이 끝나갈 무렵, 미리 마셨던 커피 때문인지 슬슬 신호가 오기 시작했다. 순항 고도까지 오르는 데만 약 30분이 걸린다. '과연 그때까지 참을 수 있을까?'

사실, 바쁜 출항 구간인 10,000피트를 넘으면 상승 중이라도 화장실을 갈 수는 있다. 하지만 당시 분위기상 가급적 참아야 했다. 그러던 중 기장이 말했다.

"You have control." (조종권을 넘길게요)

안도의 한숨을 쉬려던 찰나, 기장이 다시 말을 이었다.

"응, 나 방송 좀 할 테니 비행 모니터 잘해."

그 순간, 아랫배가 끊어지는 듯한 통증이 몰려왔다. 도저히 더는 버틸 수 없었다.

"기장님, 죄송합니다! 화장실 좀 다녀오겠습니다. You have control, sir!"

그렇게 외치며 조종석을 뛰쳐나갔다.

식사에도 일정한 규정이 있다. 기장과 부기장은 반드시 서로 다른 시간에 식사를 해야 하며, 메뉴 또한 동일하면 안 된다. 혹시 모를 식중독이나 장염 등의 위험을 방지하기 위해서다. 기내식은 미리 객실 승무원에게 요청하면 20분 정도 후에 오븐에서 데운 뒤 조종석으로 가져다준다. 하지만 객실 승무원들은 승객 서비스로 바쁘기 때문에, 보통 승무원들의 서비스 시간이 끝난 후 식사를 요청하는 경우가 많다.

비행 시간이 8시간 이상인 장거리 비행의 경우, 조종사에게 최소 3시간에서 최대 8시간까지 휴식이 주어진다. 휴식 시간은 전체 비행 시간에 따라 다르다. 보잉 787과 같은 대형 항공기에는 조종사들이 쉬는 공간인 벙크(bunk)가 마련되어 있다. 하지만 공간이 매우 협소해 키가 190cm에 가까운 조종사들은 과연 어떻게 그곳에서 쉬는

지 미스터리다. 그래서 일부 대형 항공사의 조종사들은 벙크뿐만 아니라 퍼스트 클래스나 비즈니스 클래스 좌석에서 휴식을 취하기도 한다.

조종사나 승무원들의 체류지 생활에서 휴식이 최우선이다. 체류 기간이 길면 여행이나 쇼핑을 즐기기도 하지만, 대부분의 조종사들은 체력을 유지하기 위해 하루에 한 번 호텔 체육실에서 운동을 하는 편이다.

또한, 정기 훈련과 관련된 온라인 교육 자료를 봐야 하는 경우도 많아, 체류 시간이 길면 호텔에서 그런 자료들을 학습하는 시간도 갖는다. 반면, 체류 시간이 24시간 이하인 경우에는 동료들과 함께 식사하는 것조차 부담스러울 때가 많다. 요즘 MZ세대 조종사들은 개인 휴식을 선호하는 경향이 강하기 때문에, 기장들도 이를 존중하는 분위기다.

경험상, 조종사의 근무 일수가 일반적인 직장인들보다 많다고 단정할 수는 없다. 성수기나 조종사 부족 시기에는 보통 8일 정도의 기간만 쉬기도 하고, 일부 저비용 항공사는 오프(휴무)를 수당으로 추가 지급하며 월 8일 미만으로 운영하기도 한다.

하지만 비수기나 기종 상황에 따라서 한 달에 10일 이상 휴무가 주어질 때도 적지 않다.

"라떼는 말야" 식으로 이야기를 하자면, 2000년 이전, 대형 항공사의 주력 기종을 운항하던 조종사들은 한 달에 최대 150시간에 가까운 비행 시간을 소화해야 했다. 당시 조종사들에게 주어진 휴무는 고작 5일 남짓이었다. 그때를 회상하는 선배 조종사들의 말을 빌리자면, "정신이 몽롱한 상태에서 또다시 비행을 나가야 했다.", "입술이 부르트지 않은 날이 없었다."

그러나 세계적으로 항공 안전을 위한 조종사 휴식 관리가 중요해지면서, 각국 항공법이 점점 강화되었다. 이에 따라, 조종사의 비행 시간 제한과 휴식 보장 제도가 점진적으로 개선되었고, 지금은 과거보다 훨씬 나은 환경에서 비행할 수 있게 되었다.

3. 조종사의 급여

아마 대다수 사람들의 가장 큰 관심사는 조종사의 급여일 것이다. 온라인 정보나 과거 신문 기사에서도 조종사는 억대 연봉을 받는 대표적인 직업으로 자주 언급되곤 했다. 하지만 현실적으로 국가별 조종사의 급여 차이는 상당히 크며, 직급에 따른 급여 체계도 다르다.

우리나라 조종사의 급여 수준은 비슷한 경제 규모를 가진 국가들과 비교하면 부기장 급여는 비슷한 수준이지만, 기장 급여는 상대적으로 낮은 편이다. 미국이나 유럽의 메이저 항공사와 비교할 것도 없이, 가까운 일본이나 중국 항공사의 기장 급여보다도 현저히 낮은 수준이다.

국제적으로 조종사의 급여 구조를 보면, 부기장에서 기장으로 승진하는 순간 급여가 거의 두 배 정도 오른다. 조종사는 평생 한 번의 승진이 가능한 직업이므로, 이런 급여 체계는 어찌 보면 당연한 구조다. 하지만 우리나라는 이와 다르게 기장 승진 후 급여 상승폭이 크지 않다.

내가 기장이 되던 2010년 초, 첫 월급을 받고 적지 않게 실망했던 기억이 있다. 특히, 대형기 중 상대적으로 급여가 낮았던 A330 부기장 출신이었던 나조차도 실망할 정도였으니, B777이나 A380처럼 더 큰 대형기 부기장이 소형기 기장으로 승진했을 때는 실망감이 더 컸을 것이다.

그럼에도 불구하고, 민항기 조종사는 월급쟁이 기준으로 보면 꽤 괜찮은 급여를 받는 직종임은 분명하다.

국내의 경우, 대형 항공사와 저비용 항공사 간에는 복지나 워라밸 차이는 있지만, 조종사의 기본 급여 자체는 큰 차이가 없는 수준이다.

국내 부기장 급여의 경우, 평균적으로 월 500만~800만 원, 국내 기장 급여는 평균 월 900만~1,200만 원 정도이다. 세후 급여를 말하며, 비행 시간, 경력, 기종에 따라 차이가 커질 수 있고, 체제비 등의 추가 지급 요소를 제외한 기본 급여만을 기준으로 한 금액이다.

4. 조종사의 복지

일반적인 직장인들도 복지 혜택을 이야기할 때 대기업의 복지를 압도적이라 생각할 것이다. 조종사의 복지도 마찬가지다. 무조건 대형 항공사의 복지가 훨씬 낫다. 가장 대표적인 예로 가족 항공권을 들 수 있다. 대형 항공사는 다양한 기종을 운영하며, 전 세계 구석구석까지 노선을 보유하고 있어 원하는 여행지를 선택하기에 최적화되어 있다. 게다가 요즘에는 좌석 여유가 있을 경우 비즈니스석으로 업그레이드까지 가능하다고 하니, 좁은 이코노미석만 이용 가능한 저비용 항공사의 가족 여행 티켓과는 차이가 더욱 벌어진다. 최근에는 대형사가 아니더라도 넓은 이코노미석을 갖추고 장거리 노선을 운항하는 곳도 있지만, 여전히 가족 항공권 혜택은 여러모로 대형 항공사가 더 우수한 편이다.

대형 항공사든 저비용 항공사든 직원 가족에게 제공되는 티켓은 크게 예약이 가능한 티켓과 그렇지 않은 티켓으로 나뉜다. 예약 가능한 티켓은 정상 요금을 기준으로 하기 때문에 할인된 가격이라도 여전히 꽤 비싸다. 그래서 대부분의 직원들은 예약 상황을 미리 확인한 후, 좌석 여유가 있을 때 저렴한 비예약 티켓을 이용하는 경우가 많다. 하지만 예약 상황이 늘 여유로운 것은 아니며, 갑자기 수요가 몰리는 경우도 있어 여행 계획이 틀어지는 경우도 종종 발생한다.

5. 지금은 사라진 조종사 혜택

1998년 어느 날, 부기장으로 근무하던 나는 울산에서 김포로 향하는 늦은 밤 비행을 하나 남겨두고 있었다. 당시 항로와 김포공항의 날씨가 좋지 않았지만, 기장님께서 파격적으로 내게 야간 이착륙의 기회를 주셨다. 보통 이런 기회는 쉽게 주어지지 않았지만, 다행히 함께 비행하던 기장님은 비행 실력이 뛰어나면서도 쿨하고 배려심이 많은 분이었다.

이륙 및 착륙을 담당하는 조종사는 직접 브리핑을 해야 한다. 승객들이 탑승하는 동안 조종실 셋업을 마친 후, 나는 이륙 브리핑을 진행했다. 울산공항 출항 절차, 지상 활주 예상 경로, 이륙 시 발생할 수 있는 비상 상황 등에 대해 설명한 후, 마지막으로 기장님께 VIP 승객에 대한 이야기를 전했다. 보통 VIP에 대해 언급하지는 않지만, 간혹 객실 승무원이나 지상 직원이 정치인이나 국토부 직원이 탑승하는 경우 참고용으로 정보를 제공하기도 했다.

"오늘 VIP는 저희 아버지입니다."
농담처럼 한 이야기였지만, 기장님은 버럭 화를 내셨다.
"아니, 이 녀석아! 그걸 왜 이제 얘기해?"

그러더니 즉시 객실 사무장을 호출하셨다.

"사무장님, 우리 부기장 아버님이 22C 좌석에 계시니
성함 확인하고 지금 바로 조종실로 모셔 오세요."

전혀 예상하지 못한 기장님의 반응에 깜짝 놀랐다. 사실
너무 감동해서 눈물이 찔끔 날 뻔했다. 소형 항공기의 조
종실은 서 있을 공간조차 부족할 정도로 협소하다. 기장과
부가장의 좌석 뒤에는 접이식 간이 의자가 하나 있는데,
이를 '점프 시트(jump seat)'라고 부른다. 보통 제3의 조종
사가 탑승할 때 사용하는 자리다.

아버지는 예상치 못한 호출에 깜짝 놀라 조종실로 들어
오셨고, 얼떨떨한 표정으로 나를 바라보셨다. 마치 학부형
이 학교 선생님께 인사하듯, 기장님께 조심스럽게 꾸벅 인
사를 하셨다. 그리고 그 좁은 간이 의자에 앉아, 지금은 상
상도 할 수 없는 장면, 아들의 비행을 바로 뒤에서 지켜보
셨다.

약 40분간의 짧은 비행이었지만, 야간 비행의 멋진 광경
과 기상 레이더를 활용해 구름을 피하는 모습을 보여드릴
수 있었다. 내가 조종하던 항공기는 착륙이 까다로운 MD-

80 기종이었다. 긴장감 속에서 최선을 다해 조종했고, 비행기는 부드럽게 김포공항 활주로 위에 내려앉았다.

그날의 경험은 아버지께도 강렬한 기억으로 남았다. 오랜 시간이 지난 지금도 그때를 생생하게 떠올리며 이야기하신다. 911테러 이전까지만 해도 신원이 확인되고 기장의 허락이 있으면 일반 승객도 조종실에 들어올 수 있었다. 장거리 비행을 할 때면 객실 사무장으로부터 이런 연락을 받기도 했다.

"기장님, 저희 가족이 탑승했는데 혹시 조종실 구경을 해도 괜찮을까요?"

그렇게 조종실의 문은 열려 있었고, 때때로 승객들에게 특별한 경험을 선사할 수 있었다. 하지만 2001년 9월 11일, 빈 라덴이 일으킨 테러 이후 조종실 문은 방탄문으로 굳게 닫혔다.

조종사도
사람입니다

조종사들은 여가 시간에 주로 무엇을 할까? 내 주변을 둘러보면 가장 많이들 하는 활동은 단연 골프다. 해외에서 보내는 시간이 많다 보니, 국내보다 저렴한 비용으로 좋은 환경에서 즐길 수 있는 최적의 취미일 것이다. 하지만 나는 아직 골프의 매력을 느끼지 못해 한 번도 쳐본 적이 없다.

기초 훈련을 마치고 고등 비행 과정에 들어갔던 제주도 비행 훈련원에서는 학생 조종사들에게 골프를 가르치는 레슨 프로도 있었다. 사실 예전 대형기 부기장 시절, 나 역시 골프를 시작할 기회가 있었다. 하지만 조종사로서, 특히 부기장 신분으로 골프를 치는 것이 마냥 즐거워 보이지만은 않았다. 일부 부기장들은 비행을 마친 후 피곤한 몸을 이끌고 원치 않는 라운딩에 나가야 했다. 어떤 기장은 브리핑 때 내게 골프를 치느냐고 물었고, 내가 "아니다"라고 답하자 실망하는 기색을 내비치기도 했다.

결혼 후에도 아내는 배려심이 많아 내가 하는 다양한 여가 활동에 크게 반대하지 않았다. 2001년부터 약 15년간 사내 조종사들로 구성된 락밴드에서 나는 일렉트릭 기타를 연주했다. 『나의 아름다운 비행』의 저자로 잘 알려진 신지수 기장도 같은 밴드 출신이다. 그 외에도 스키, 보드, 인라인, 자전거, 낚시 등 다양한 취미를 즐겨왔다.

최근까지 꾸준히 해 온 취미 활동 중 하나는 자동차 동호회 활동이다. 어릴 때부터 무언가를 만드는 것을 좋아했던 나는, 조립식 프라모델을 선물 받으면 하루 종일 조립에 몰두하곤 했다. 커서도 자동차에 대한 관심이 많았고, 차를 뜯어보고 개조하는 것을 좋아했다. 덕분에 동호회에서는 '손재주 좋은 사람'으로 통했다. 한때는 나를 모르는 회원이 없을 정도였고, "모르면 간첩"이라는 농담까지 나왔을 정도였다. 하지만 나이가 들면서 눈이 많이 나빠졌고, 이제는 자동차를 직접 손보는 대신, 동호회 회원들과 함께 세차를 하거나 커피를 마시며 수다를 떠는 정도로 활동을 이어가고 있다. 대신 다른 창작 활동을 취미로 갖게 되었는데, 바로 영상 작업이다.

나는 작은 유튜브 채널을 운영하고 있다. 예전부터 꿈꾸던 것 중 하나가 능숙한 영어 실력을 갖추는 것이었다. 그러던 어느 날, 장거리 비행 중 조종사의 휴식 공간인 벙크에 누워 있다가 문득 생각이 떠올랐다. "영어로 영상을 만들어 보자!"

물론 채널을 시작한 이유는 여러 가지가 있었지만, 가장 큰 계기는 영어 공부였다. 그렇게 시작한 채널이 어느덧 2년이 지났고, 감사하게도 구독자가 6만 명을 넘어섰다. 처음 1년 동안은 오직 영어로만 영상을 제작해 업로드했다. 애초에 영어 공부를 위한 목적이었으니 자연스러운 일이었다. 하지만 구독자가 늘어나면서 영어로만 된 영상에 부담을 느끼는 시청자들이 많아졌고, 주변에서도 한국어로 하는 것이 어떻겠냐는 조언을 많이 들었다. 그렇다고 완전히 한국어로만 영상을 제작하면, 처음 목표가 흔들릴 것 같았다. 결국 지금은 주로 한국어로 영상을 만들고, 직접 영문 자막을 제작하는 방식으로 영어 공부를 대신하고 있다. 물론 가끔은 영어로만 제작한 영상도 올리고 있다.

처음에는 내 채널에 악플이 거의 없었다. 특별히 논란이 될 만한 영상이 아니었기 때문에 악플이 없다는 것이 당연하다고 생각했다. 하지만 그건 착각이었다. 악플러들도 채널 규모와 영상의 인기 정도에 따라 움직인다는 것을 뒤늦게 깨달았다. 내 채널의 첫 악플은 '외모 비하 댓글'이었다. 정확히 구독자가 1,000명을 넘어 수익 창출이 가능해지던 시점이었다.

"조종사라고 멋진 외모일 줄 알았더니만…"

지금 돌아보면 악플이라고 하기도 민망한 수준이다. 하지만 최고 조회수 130만을 기록한 영상이 있는 지금은 '수준 높고 퀄리티 좋은' 악플도 많다.

'악플은 무대응이 답이다'라는 원칙을 잘 알고 있다. 나도 되도록 대응하지 않으려 한다. 하지만 나도 사람인지라, 가끔은 가슴이 덜컥 내려앉거나 손가락이 꿈틀거릴 때가 있다. 사실 단순한 반말이나 욕설은 무시하기 쉽다. 오히려 피식 웃고 넘어가는 경우가 많다. 그러나 정중한 존댓말로 조목조목 공격하는 댓글들은 다르다. 겉으로는 논리적인 척하지만, 읽다 보면 가슴을 깊숙이 찌르는 그런 댓글들. 고수들이다.

내 영상 중 하나는 미국에서 30만 회 이상 조회되었고, 그 영상의 댓글 90% 이상이 미국인들의 댓글이었다. 그전까지는 한국인들이 유난히 오지랖이 넓고 악플이 많다고 생각했다. 하지만 그것도 착각이었다. 미국인들의 악플은 차원이 달랐다. 사소한 말실수부터 내 영어 표현의 어색함까지 꼬집으며 지적하는 댓글이 많았다. 원어민이 아닌 토종 한국인으로서 영어 댓글을 다는 데에도 시간이 걸리는데, 인신공격과 인종차별적인 댓글까지 보이면 화가 나지 않을 수 없었다.

그 영상에서 처음으로 '어떤 악플이라도 삭제하지 않겠

다'는 원칙이 깨졌다. 너무 화가 나서 몇 개는 곧바로 삭제했다. 그럼에도 불구하고, 나는 여전히 유튜브를 운영할 수 있었다. 99%의 선한 댓글들 덕분이다. 어떤 구독자는 100개 이상의 댓글을 남겨주었고, 가끔은 내 대신 악플러에게 반박 댓글을 달아주는 사람도 있었다. 미국에서 큰 반응을 얻었던 그 영상에서도 많은 미국인들이 따뜻한 댓글을 남겨 주었다.

나는 원래 무언가를 만들어 내는 것을 좋아한다. 지금은 영상 제작을 통해 어린 시절 프라모델을 조립하며 느꼈던 똑같은 즐거움을 느끼고 있다. 잘 만들어진 영상을 보고 있으면, 어릴 적 완성된 프라모델을 바라보며 뿌듯해하던 내 모습이 떠오른다. 어떤 사람들은 댓글에 일일이 답을 달지 말라고 한다. "언제까지 그럴 수 있겠느냐"는 것이다.

어쩌면 맞는 말이다. 언젠가 수십만 구독자가 생긴다면 모든 댓글에 답하기 어려울지도 모른다. 그렇다고 해서 지금부터 모든 댓글을 무시할 수는 없다. 나는 알고 있다. 댓글 하나를 남긴다는 것이 얼마나 귀한 일인지. 구독자가 아니더라도, 영상을 보고 정성스레 댓글을 남기는 그 마음이 얼마나 고마운지. 나는 할 수 있는 데까지 그 마음에 응답하려 한다.

chapter 4

인생에 두 번 정도는
올인합시다

엉뚱하게 조종사의 길로
들어섰지만

앞서 나는 어릴 때 조종사가 꿈이었다고 생각한 적이 없다고 말했다. 사실이다. 하지만 어릴 때부터 막연히 우주에 관심이 많았던 탓인지, 고등학교 때 내가 공부하고 싶었던 분야는 항공우주공학이었다. 중학교 때까지는 그 꿈이 어렵지 않게 실현될 줄 알았다. 내 성적은 상당히 우수한 편이었고, 항공우주공학과가 개설된 대학들도 최상위권이었다. 하지만 고등학교에 진학한 후 성적이 점차 떨어지기 시작했고, 결국 항공우주공학의 꿈을 접은 채 재수의 길을 선택했다.

재수를 하면서도 원하는 만큼 성적은 오르지 않았다. 학기 초반, 같은 반에 있던 한 여학생이 눈에 들어오면서 공부의 양은 점점 줄어들었다. 방학이 시작되기 전, 나는 나름대로 특단의 결심을 했다.

"나, 같은 반 친구야. 혹시 잠깐 얘기 좀 할 수 있을까?"

그녀는 뜻밖의 제안을 했다. 본인도 관심이 있지만, 먼저 대학에 진학한 후 사귀자는 것이었다. 나와는 달리 정신이 올바로 박힌 학생이었다. 그런 말이 있었다. '재수할 때 연애를 하면 여자는 대학에 붙고, 남자는 떨어진다.'

그 말처럼 나는 보기 좋게 대학에 또 떨어졌지만 그녀는 합격했다. 자존심이 강했던 나는 그 후로 그녀에게 전화조차 걸지 않았다. 당시 나는 학력고사 세대였고, 시험은 전기와 후기로 나뉘어 있었다. 지금의 수능처럼 11월에 전기 학력고사가 있었고, 소위 'SKY'를 비롯한 최상위권 대학들은 대부분 전기 모집을 했다. 그리고 이듬해 2월에는 후기 학력고사가 있었는데, 그중 가장 상위권 대학이 성균관대였다. 성균관대는 전기에서 절반, 후기에서 절반을 모집했지만, 항공우주공학과는 개설되지 않았다.

그럼에도 나는 이 대학을 목표로 두 달 동안 죽기 살기로 공부했다. 학과는 안중에도 없었다. 자존심 하나로 1년 간 하지 못했던 공부를 단 두 달 만에 미친 사람처럼 해냈다. 독서실에서 불과 5분 거리인 집에 밥을 먹으러 가는 시간조차 아까웠다.

두달 후 결과는 나쁘지 않았다. 합격이 눈앞에 보이는 듯했다. 드디어 결과 발표 날. '불합격입니다.' 순간 여러 생각이 스쳐 지나갔다. '그래, 깔끔하게 잊고 다시 해서 원하는 항공우주공학과에 가자.' 한 시간쯤 지나자 침울해 있던 집안에서 누나가 갑자기 소리를 질렀다.

"합격이래, 합격~!!"

'아니, 대체 무슨 소리야? 난 떨어졌는데?'

누나는 혹시나 싶어 2지망 합격 여부를 확인하려고 다시 전화를 걸었고, 뜻밖에도 유전공학과에 합격했다는 소식을 들었다. 나는 삼수를 결심하며 정리하던 성문종합영어와 정석 수학을 그대로 던져 버렸다. 더 이상 이런 책들을 보지 않아도 된다는 생각에 기분이 날아갈 듯했다.

진학한 유전공학과는 생물학에 가까운 학과였다. 고등

학교 때 나는 생물이라는 과목을 극도로 싫어했다. '공학'이라는 단어가 붙어 있기에 단순한 생물학이 아닐 것이라 기대했지만, 역시나 학과 공부는 적성에 맞지 않았다.

도서관보다 당구장에서 보내는 시간이 더 많았고, 1학년 성적은 당시 한국 최고의 투수 선동열의 방어율과 비슷한 수준이었다. 내가 생각해도 정말 어이없는 성적표였다.

1학년을 마친 후 고민이 깊어졌다. '과연 이 학과에서 공부를 계속할 수 있을까?' 일단 군대를 먼저 다녀와서 생각하기로 했고 그렇게 나는 군대를 다녀왔다. 복학 후 나름 열심히 공부하며 바닥이었던 성적을 조금씩 올려나갔다. 대학 3학년 말, 나는 대학원 진학을 결심하고 서울의 한 국립대 대학원을 목표로 준비했다. 해당 학과의 교수를 찾아가 청강을 요청했지만, 돌아온 반응은 차가웠다.

"시험 보지 마세요. 합격하기 어려울 겁니다."

오기가 생겼다. 나는 작은 강의실에서 단 한 번도 눈길을 주지 않는 교수의 강의를 계속 들으러 다녔다. 연말에 치러진 필기 시험에 당당히 합격했지만, 결국 구술 시험에서 보기 좋게 탈락했다.

'대학도 재수를 했는데, 대학원까지 재수해야 하나?'

1월 말, 나는 매일 학교 도서관에서 공부를 이어갔다. 겨울방학이었지만 도서관에는 공부를 하러 나오는 선후배들이 꽤 많았다. 점심을 함께 먹기도 했고, 당구 멤버가 모이면 유혹을 뿌리치지 못하고 두어 시간 당구장에서 시간을 보내기도 했다. 사실 그때까지도 유전공학이라는 학문이 내게 와닿지 않았다.

"현재로선 이 길뿐이니까. 어머니도 원하시니까."

나는 이런저런 이유를 대며 스스로를 설득하고 있었다. 그러던 어느 날, 한 학번 위의 선배가 내 자리로 찾아왔다. 취업 준비 중이던 그 선배와 이런저런 이야기를 나누던 중, 선배가 뜬금없는 질문을 던졌다.

"근데 너 혹시 부자 되고 싶지 않냐?"

순간, 사기꾼이 슬쩍 다가와 작업을 거는 듯한 느낌이 들었다. 나는 웃으며 바로 대답했다.

"네, 당연하죠! 근데 뭘로요?"

"기장."

"예?? 기장이요?"

"기장 몰라? 조종사."

나는 순간 선배의 등짝을 후려칠 뻔했다. 가뜩이나 심란한데, 도대체 무슨 생각으로 이런 터무니없는 농담을 하는 걸까? 당황한 나는 얼른 화제를 돌리려 했다. 하지만 선배는 진지한 표정으로 이야기를 이어갔다.

'조종 훈련생' 당시 국내 양대 항공사였던 대한항공과 아시아나항공은 민간 조종사 양성 프로그램을 운영하고 있었다. '어떻게 나는 이런 걸 몰랐을까?' 순간, 심장이 두근거리기 시작했다. 한 번도 고려해 보지 않았던 조종사의 길. 그런데 왜 이렇게 흥분되는 걸까?

그리고 문득 이런 생각이 스쳐 지나갔다. '이거야말로 한 번에 두 마리 토끼를 잡는 게 아닐까?' 나는 지금 전공을 살려야 한다는 압박감에 시달리고 있다. 그런데 조종사가 된다면, 그 부담에서 벗어날 수 있다. 게다가 왠지 나에게 꼭 맞을 것 같은 멋진 직업까지 얻을 수 있는 것 아닌가.

그날 저녁 머릿속에서는 계속 조종사라는 단어만 맴돌

았다. '합격만 하면 대한항공이든 아시아나항공이든 바로 부기장이 되는 거잖아.' 그동안 한 번도 고려해 본 적 없는 길이었다. 그런데 왜 이렇게 가슴이 뛰는 걸까? 이것저것 찾아보며 확인하느라 새벽까지 잠을 설쳤다.

하지만 생각하면 할수록, 이 직업이 정말 내 적성에 맞을 것 같은 기분이 들었다. 어려서부터 나는 눈썰미가 좋다는 말을 많이 들었고, 손재주가 좋다는 칭찬도 자주 받았다. 항공기 조종은 그런 나에게 딱 맞는 일이 아닐까? 그날 밤, 잠들기 전 나는 이미 결심을 굳혔다.

효자 아들의
첫 불효?

나는 어릴 때부터 주변에서 효자라는 말을 많이 들었다. 하지만 어린아이가 무슨 효도를 했겠는가. 그저 말썽 없이 자랐고, 부모님의 기대대로 공부를 잘했으며, 타고난 성격이 비교적 온순한 편이어서 어른들이 그렇게 말씀하신 것 같다. 사실 대학을 졸업할 때까지도 딱히 사춘기다운 반항을 한 적이 없었고, 재수할 때를 제외하면 부모님 속을 썩인 일도 거의 없었다.

어머니는 오랫동안 교직에 계셨던 분이었다. 내가 초등학교 때까지만 해도 늘 자상한 모습이었지만, 엄할 때는 전혀 다른 분처럼 변하곤 하셨다. 아무리 생각해도 어머니께 이 사실을 어떻게 말씀드려야 할지 해법이 떠오르지 않았다. 어머니께서는 늘 교수, 박사, 연구원 같은 내 모습을 기대해 오셨다. 그런데 이제 와서 파일럿이 되겠다고 하면 어떻게 반응하실까? 일주일 가까이 고민한 끝에 결심했다.

바로 다음 날, 아버지가 함께 계실 때 말씀을 드리기로 했다. 혹시라도 아버지가 긍정적인 반응을 보이면, 어머니를 설득하는 데 도움이 되지 않을까 싶었다.

"엄마, 나, 대학원 포기할까 해."

이 한마디에 어머니는 이미 깊은 고민에 빠지셨다.

"왜?" 하고 이유를 묻긴 하셨지만, 자세히 듣지도 않으셨다. 옆에 계시던 아버지는 비교적 긍정적인 표정을 지으셨다. 우리 가족은 모두 세례를 받았으며, 성당에도 다녔다. 그중에서도 어머니는 가장 신앙심이 깊으셨다. 그날 이후, 어머니는 아무 말씀도 하지 않으셨다. 그리고 하루의 대부분을 성당에서 보내셨다. 열흘쯤 지난 어느 날, 아버지가 말씀하셨다.

"네 엄마가 대학원 포기에 대한 실망이 크긴 하지만, 조종사가 되는 것 자체를 반대하지는 않는 것 같다."

나중에 알고 보니, 어머니께 가장 큰 실망을 안긴 것은 '대학원을 포기하는 것'이었다. 그리고 만약 조종사 시험에 떨어졌을 경우, 일반 회사원으로 취업하겠다고 한 부분이 두 번째로 아쉬우셨다고 한다. 회사원이 나쁜 게 아니라, 어머니는 내가 좀 더 전문적이고 특별한 일을 하기를 바라셨던 것 같다.

나는 그렇게 점점 파일럿이 되겠다고 의지를 굳혀갔다.

내 인생
두 번째 올인

어머니의 의중을 파악한 나는, 정말 간절히 조종사가 되고 싶었다. 조종 훈련생 전형에는 여러 가지 시험이 있었고, 전체 과정도 마치 마라톤과 같았다. 다섯 차례에 걸친 다양한 시험을 보고, 발표를 하고, 이를 반복하며 최종 합격자는 3개월 후에 결정되었다.

대학 합격 후 집어던졌던 〈수학의 정석〉과 〈성문종합영어〉뿐만 아니라 물리학과 두꺼운 일반 상식책까지 새로 사야 했다. 이 모든 시험이 하루에 치러지는 1차 전형의 일부였다. 전체 전형에 대한 내용은 처음 이 길을 소개해 준 선배 덕분에 알고 있었고, 내가 가장 중점을 둔 준비 과정은 바로 영어 인터뷰였다.

이과 출신이었지만, 수학보다 영어를 더 좋아했고 성적도 영어가 더 나았었다. 하지만 우리나라 영어 교육의 특성상 머릿속에 든 영어를 귀로 듣고, 입으로 자연스럽게 꺼내는 것은 쉽지 않았다. 전형이 언제 시작될지 몰랐지만, 시간이 많지 않았다. 듣기와 말하기는 필기시험처럼 단기간에 실력을 끌어올릴 수 없다는 걸 잘 알고 있었다. 그래서 학원을 다니고, 관심 있는 사람들과 따로 회화 스터디를 했다.

그러던 중 4월, 갑자기 모 항공 조종 훈련생 모집 공고가 나왔다. 비록 다른 항공사가 우선 목표이긴 했지만, 두 곳 모두 우리나라를 대표하는 항공사였기에 합격할 수 있다면 어디든 가기로 마음먹었다. 아직 영어 인터뷰 준비가 미흡했지만, 온 기회를 버릴 수는 없었다.

1차 시험은 준비한 것과 크게 다르지 않았다. 영어 시험이 토플 형식으로 출제된 것을 제외하면 거의 예상했던 범위였다. 얼마 후 합격 통지가 날아왔다. 2차는 마치 전자게임을 하는 듯한 적성 테스트였다. 초등학교 때 나름 오락실에서 갈고닦은 실력과 타고난 손재주, 감각을 믿고 시험을 봤고, 결과는 합격이었다.

모든 것이 순조로워 보였다. 그리고 3차 실무진 면접. 여러 명의 과장급 직원과 한국어로 진행되는 일반 면접이었다. 준비 시간이 부족했지만, 한국어로 묻고 답하는 것이니 어렵지 않을 거라고 생각했다. 그러나 3차 전형을 마치고 나온 나는 직감했다. '떨어졌다.' 함께 한 조를 이룬 사람들은 마치 녹음을 해온 듯 칼같이 정제된 답변을 이어갔다. 반면 나는 주어진 시간에 쓸데없는 이야기를 늘어놓으며 시간을 허비하고 말았다. 결과는 예상대로 탈락이었다.

갑자기 해결해야 할 과제가 하나 더 늘어났다. 막연히 열심히 하면 될 거라는 생각이 흔들리기 시작했다. 하나를 탈락했으니 이제 남은 하나마저 떨어진다면, 두려움이 밀려왔다. 그때부터 나는 면접 테크닉을 쌓기 위해 일반 대기업 면접에도 지원하기 시작했다. 전공을 살려 각종 제약회사와 식품 연구소 등 여러 기업의 면접을 보았다. 면접은 준비도 중요하지만, 여러 번 경험할수록 마음의 여유가 생겼다. 그러다 보니 점점 면접 스킬이 향상되었다.

그렇게 계절이 지나자 기다리던 공고가 떴다. 1차 시험부터 지원자가 어마어마했다. 최종 합격 인원이 30여 명이라는 이야기를 들었는데, 1차 시험에만 1,000명에 가까운 지원자가 몰렸다. '이거 대체 경쟁률이 몇 대 몇이야?' 과연 이 경쟁률을 뚫고 최종 합격할 수 있을까. 하지만 로또와 달리 모든 시험은 내가 가진 능력과 준비한 만큼 결과가 나온다. 정말 죽기 살기로 준비에 매진했다. 재수 시절 학력고사를 준비할 때만큼 간절했다. 그러나 좀처럼 늘지 않는 영어 말하기가 문제였다. 특단의 조치가 필요했다.

마침 대학 동기 중 한 명이 학교 근처에서 자취하며 외국 항공사 시험을 준비 중이었다. 나는 그 친구에게 말했다. "잘됐다. 우리 매일 자취방에서 영어로만 대화하자."

친구도 같은 생각이었고, 우리는 곧바로 실천에 옮겼다. 그렇게 나는 시험 준비 시간이 아닐 때면 친구 자취방에서 시간을 보냈다. 2주 정도 지나자 친구가 말했다.

"야, 너 이제 문장이 꽤 길어졌다?"

나도 미처 느끼지 못했던 변화를 함께 시간을 보낸 친구가 먼저 알아차렸다. 자취방에서 2주 동안 쏟아낸 영어 단어들과 표현들이 조금씩 제자리를 잡고 있었다. 마음먹고 준비를 시작한 지 7개월 만에 나타난 변화였다.

이제 1차 필기 시험부터 어느 정도 내 실력을 믿을 수 있을 것 같았다. 면접 스킬도, 영어 말하기 능력도 지난봄 허무하게 떨어졌던 내 모습과는 비교할 수 없을 정도로 달라져 있었다. 나머지 실기 적성 검사는 부모님께서 주신 내 감각을 믿어보기로 했다. 그렇게 1차, 2차, 3차 전형을 하나씩 통과했다.

4차 실기 적성 테스트는 제주도에서 진행되었고, 생애 처음으로 비행기를 타게 되었다. 이 비행기 탑승 덕분에 최종 면접에서 면접관이 "비행기를 몇 번이나 타보았느냐?"라고 물었을 때, 나는 당당하게 대답할 수 있었다. "한 번 타봤습니다." 이 비행기표는 회사에서 제공한 티켓이었다. 당시 그 회사는 제주도에 작은 비행장을 보유하고 있었고, 각종 시뮬레이터 장비도 갖추고 있었다. 하지만 나는 여전히 어떤 테스트인지 정확히 알지 못했다. 잠시 후 한 사람이 짧은 조종 강의를 시작했다.

"자, 이게 조종간입니다. 당기면 기수가 올라가면서 상승하고, 누르면…"

약 30분 동안 조종간의 작동법을 설명했다. 나는 속으로 생각했다. '설마 아무것도 모르는 우리에게 직접 조종을 시키는 건 아니겠지?' 하지만 '설마'는 늘 현실이 되고 만다. 기본적인 비행이었지만, 정말로 우리더러 직접 조종을 하라는 것이었다. 순서가 정해지고, 1인당 약 15분씩 비행 실기 테스트가 시작되었다. 기다리는 대기실은 웅성웅성 술렁였다. 다들 처음 보는 사이였지만 혹시 게임으로라도 경험해 본 사람이 있을까 싶어 서로 두리번거리며 질문을 주고받았다.

테스트는 기본적인 상승과 강하, 좌우 선회, 마지막으로 상승 또는 강하하면서 동시에 선회를 하는 것이었다. 내 이름이 호명되었고, 나는 조그만 고정식 시뮬레이터 안으로 들어갔다. 지금의 민항기 계기판과는 완전히 다른, 아날로그 방식의 계기판이었다. 시험관의 지시가 이어졌고, 나는 양팔에 잔뜩 힘이 들어간 채 눈을 부라리며 시험을 치렀다.

사실 이 테스트의 목적은 조종 실력을 평가하는 것이 아니었다. 아무것도 모르는 사람들에게 고작 30분을 교육하고 기성 조종사 수준의 실력을 기대할 수는 없는 노릇이다. 그렇다면 항공사들이 조종사에게 많은 급여를 지급할 이유도 없을 것이다. 이 테스트는 한 번의 짧은 교육을 통해 지원자가 얼마나 빠르게 적응하는지, 그리고 한곳에 집중하지 않고 여러 계기판을 동시에 훑어보며 시각 정보를 분배하는 능력을 평가하는 것이었다.

15분 만에 테스트를 마치고 나오자 온몸이 땀으로 범벅이 되었고, 양팔은 떨어져 나갈 듯이 뻐근했다. '아, 좀 더 잘할 수 있었는데.' 뒤늦은 아쉬움이 밀려왔다. 나중에 제주도의 교관들에게 들은 이야기지만, 그 테스트에서 절반 정도는 상승이나 강하를 멈춰야 하는 고도에서 멈추지 못하고 계속 올라가거나 땅바닥까지 내려가 버렸다고 한다.

고도계, 방향계 등 세 개의 계기판을 번갈아 보며 조종하는 마지막 테스트가 특히 어려웠다는 얘기였다.

테스트 결과가 나오길 기다리며 서울로 돌아왔다. 며칠 후, 원어민과 영어 면접을 치렀다. 단순한 질문 10개 정도로 긴 인터뷰는 아니었다. 친구 자취방에서 연습했던 실력은 과연 효과가 있었을까? 놀랍게도 말이 술술 나왔다. 완벽하진 않았지만, 면접을 마치고 나오는 순간 원어민 면접관이 나를 향해 살짝 윙크를 했다. 'What do you mean by that?' (그건 무슨 의미지?)

그건 바로 합격의 힌트였다. 결국 나는 11월 말 최종 면접에 나가게 되었다. 중간에 진행했던 그룹 면접과는 달리, 최종 면접에는 운항 관련 임원들이 직접 면접관으로 참석했다. 5명씩 조를 이루어 면접을 보았고, 나는 너무 긴장되어 심장이 쿵쾅거렸다. 지난봄부터 여러 대기업 면접을 봤고, 그중 절반은 합격까지 했었다. '면접으로 단련된 몸이다. 떨지 말자!' 속으로 계속 되뇌었다.

큰 무리 없이 진행되었고, 운도 따랐다. 함께 들어간 5명 모두에게 영어 약어(Abbreviation)에 대한 질문을 던지는 면접관이 있었다. 다른 네 명이 받은 질문 중에서 내가 확실히 알 수 있었던 것은 하나뿐이었다. 나도 모르게 긴장감이 확 올라갔다. 마지막으로 내 차례가 되었을 때, 면접관이 물었다.

"○○○ 씨, UFO는 무엇의 약자입니까?"
나는 순간 내심 기뻐하며 씩씩하게 대답했다.
"Unidentified Flying Object(미확인 비행물체) 입니다."

이렇게 3개월에 걸친 조종 훈련생 모집의 대장정이 끝났다.

전보를
아십니까?

　전형 과정에서 1차부터 4차까지의 합격 통보는 모두 전화로 이루어졌다. 그런데 최종 합격은 전보였다. 요즘도 있는지 모르겠지만, 전보는 우체부가 직접 전달하는 빠른 등기 우편 같은 것으로 생각하면 된다.

　최종 발표가 예정된 날, 나는 오전부터 숨을 죽이며 우체부 아저씨를 기다렸다. 아침 식사 후 설거지를 하시는 어머니의 뒷모습이 보였다.

'어머니를 위해서라도 반드시 붙어야 해.'

간절한 마음이 하늘에 닿기라도 한 듯, 기다리고 기다리던 전보가 도착했다. 나는 후다닥 봉투를 뜯고 속지를 확인했다.

"와~ 합격이다! 합격!"

잠깐만, 합격은 했는데 회사가 다르다? ○○중앙연구소? 사실 조종 훈련생 최종 면접 날, 나는 소위 '두 탕'을 뛰었다. 혹시라도 떨어질 경우를 대비해 그때까지도 다른 대기업에 계속 지원하고 있었던 것이다. 문제는 최종 면접 일정이 겹쳤다는 점이었는데, 다행히 두 군데의 면접을 볼 수 있었다.

○○항공사 면접 후 달려갔던 모 중앙연구소 면접 대기실에서 우연히 대학교 선배 두 분을 만났다. "어? 너 여기 어쩐 일이야?" 한 선배가 물었다. 선배들은 모두 석사 과정을 마친 상태였다. 연구원 모집 요강에는 분명 학사와 석사의 구분이 없었던 것으로 기억한다. 하지만 1학년 때부터 소위 '날라리'로 낙인찍혔던 나였기에, 연구소 면접장

에서 나를 만난 것이 어색했던 모양이다.

　나는 이미 목표로 하는 항공사의 면접을 만족스럽게 마친 상태였고, 경쟁자로 같은 학교의 석사 선배 둘이 있었다. 솔직히 말해 욕심이 나지 않았다. '그래, 들어가서 맘껏 얘기하고 나오자.' 문을 열고 면접실에 들어서니 빈 의자 하나와 여덟 명의 면접관이 나를 기다리고 있었다. 8:1의 면접은 처음이었다. 그런데도 이상하게도 전혀 떨리지 않았다.

　약 15분 동안 질문이 쏟아졌다. 절박한 마음으로 임했다면 대답하지 못했을 질문이 반을 넘었다. 전공 관련 질문은 단순했고, 자사의 제품과 관련된 질문이 주를 이뤘다. 여러 면접 경험 덕분에 다져진 안정된 언변과 그날의 차분한 심리 상태 덕분에 없던 말까지 술술 나왔다. 면접관들의 얼굴에는 미소가 가득했다. 면접실을 나서며 느꼈다. '꼭 석사를 선호하는 게 아니라면, 이건 무조건 합격이다.'

　잠시 회상에 빠져 있던 정적을 깨고, 또다시 초인종이 울렸다. 이번에는 정말 봉투를 뜯기 힘겨웠다. 더 이상 지원했던 곳이 없었기에, 이건 무조건 조종 훈련생 전보였다. 전보의 속지가 환히 웃으며 말했다.

"○○항공 조종 훈련생 최종 합격을 축하합니다!"

제 어머니가
확실합니다

설거지를 하시던 어머니는 고무장갑을 벗어 던지고 달려와 나를 꺼안으셨다. 그리고 둘이서 펄쩍펄쩍 뛰었다. 그 어떤 기쁨보다 컸다. 결국 어머니와 나는 거실 바닥에 주저앉아 펑펑 울었다. 어머니는 늘 나를 연구원이나 박사가 되어 하얀 가운을 입는 모습으로 떠올리셨다. 처음 대학원 포기를 이야기했을 때, 어머니의 마음이 어떠셨을지 어찌 다 헤아릴 수 있을까. 하지만 어머니는 이내 마음을 다잡으셨고, 조용히 조종사가 되는 나를 응원해 주셨다.

고등학교 시절 인기 많았던 TV 프로그램이 있었다. "우정의 무대". 방송사가 전국의 군부대를 돌며 위문 공연도 하며 재미와 감동을 주던 프로그램이었다. 그 중에서도 부대 장병 한 명을 골라 예고 없이 어머니를 초대하는 코너가 있었다. 무대 뒤에서 어머니의 목소리만 들려주면, 사회자가 외쳤다.

"자, 저분이 내 어머니라고 생각하는 장병들은 모두 무대 위로!" 그러면 수많은 군인이 무대 위로 뛰어나왔다. 그들은 힘든 군대 생활 속에서 그리운 어머니를 떠올리며, 비록 자신의 어머니가 아니더라도 무작정 올라가는 것이었다.

"왜 저분이 본인의 어머니라고 생각합니까?" 그러면 하나같이 우겨대는 군인들의 대답이 귀엽다 못해 신선했다. "뒤에 계신 분은 우리 어머니가 확실합니다! 어젯밤 산신령님이 나타나 오늘 우리 어머니가 오신다고 했습니다. 그래서 제 어머니가 확실합니다!"

이듬해 3월, 나는 난생처음 한국을 떠났다. 비행의 '비' 자도 모르던 동기 17명은 입사 후 3개월간의 지상 교육을 마치고 캘리포니아로 비행 훈련을 떠났다. 인터넷이 좋지 못했던 당시, 한국과의 연락은 국제전화나 편지뿐이었다. 귀국을 한 달 정도 남겨둔 어느 날, 석양이 아름답게 내려앉는 동네 언덕에서 한 동기와 함께 자전거를 타고 올라갔다. 문득 어머니 생각이 났다. 이제 한 달이면 집에 갈 수 있었지만, 그 한 달이 그렇게 길게만 느껴졌다.

그해 크리스마스, 나는 당당히 모든 과정을 수료하고 귀국했다. 사랑하는 가족들과 함께 행복한 연말을 보냈다. 하지만 두 달간의 꿈 같은 휴식이 끝날 즈음, 청천벽력 같은 소식이 전해졌다. 어머니가 급성 폐암을 진단받으셨다.

그때 나는 스물여섯, 성인이었지만 여전히 어머니의 따뜻한 품이 그리운 청년이었다. 어머니는 바로 입원하셨고, 나는 일정에 맞춰 제주도로 고등 비행 훈련을 떠나야 했다. 매주 금요일 훈련이 끝나면 곧장 서울로 올라와 어머니를 뵈었다. 훈련팀에서도 나를 배려해 제트기 과정 심사

일정을 가장 먼저 잡아주었다.

최종 심사가 끝나고, 나는 동기들보다 먼저 서울로 올라왔다. 그리고 얼마 지나지 않아, 어머니는 내 곁을 영영 떠나셨다. 내가 합격하던 날, 그 누구보다도 기뻐하며 축하해 주셨던 분이었다. 조종사가 된 아들을 자랑스럽게 여기셨고, 동네방네 자랑도 하셨다. 하지만 결국, 내가 직접 조종하는 비행기에 태워 드릴 기회조차 주지 않으신 채 떠나버리셨다. 27년이 지난 지금, 나는 어머니를 생각하며 이 글을 쓴다.

"잘 지내시나요? 보고 싶습니다, 어머니!"

에어버스 330 부기장,
보잉 737 기장이 되다

2009년 여름, 13년차 부기장이던 나는 드디어 기장 승격 요원이 되었다. 입사할 당시, 회사에서는 기장 승격까지 약 7년 정도 걸릴 것이라 했지만 실제로는 거의 두 배의 시간이 걸린 셈이다. 기종이 다양한 대형 항공사에서는 보통 소형기 부기장에서, 대형기 부기장을 거쳐 다시 소형기 기장이 되는 것이 일반적이다. 하지만 회사의 필요에 따라 간혹 바로 대형기의 부기장이나 기장이 되기도 한다.

나는 일반적인 코스를 따라 소형기 부기장을 거친 후,

2000년에 대형기 A330 부기장으로 전환했다. 당시 회사의 소형기 그룹에는 맥도넬 더글러스 사의 MD-80, 포커 사의 F100, 그리고 에어버스 A300-600이 있었다. 하지만 이들 모두 퇴역을 앞두고 있었고, 소형기로는 새로 도입된 보잉 B737 기종이 유일했다.

100대가 훨씬 넘는 기종을 보유한 대형 항공사에 입사하는 부기장 및 기장 승격자의 수는 상당히 많았다. 그러한 인원을 보잉 737 한 기종에서 모두 소화하기에는 무리였다. 결국, 내가 전환한 지 얼마 지나지 않아 대형기 A330은 '소형기 그룹'에 편입되었다.

새로 입사하는 신입 부기장과 기장 승격자들은 이제 B737과 A330으로 나뉘어 훈련을 받게 되었다. 내겐 예상치 못한 행운이었다. 이미 대형기 부기장으로 전환을 마친 나는 A330에서 기장 승격을 할 기회를 얻게 된 것이다.

조종사들의 용어로 "라이트-레프트"(Right-Left)라는 말이 있다. 같은 비행기의 우측 부기장석에서 좌측 기장석으로 옮겨간다는 의미이다. 이는 다른 기종으로 전환하여 받는 기장 승격 훈련에 비해 기간이 짧고, 무엇보다 내가 오래 타던 기종에서 자리만 바꿔타는 것이므로 여러 가지 이점이 있었다.

2008년 여름 즈음, A330 기종에서 큰 이슈가 터졌다. 기장 승격 훈련 도중, 조종사의 실수로 '고어라운드' 즉, 착륙 중 재상승을 3번이나 하는 사건이 일어난 것이다. 이 사건은 중대한 일로 최고 경영층까지 보고되었다. 결국 얼마 후, 회사는 A330을 다시 '대형기 그룹'으로 원복시켰다. 이후 모든 신입 부기장 및 기장 승격 훈련은 보잉 737 기종에서만 진행되게 되었다.

'내년이 기장 승격인데 하필 지금 이런 일이 일어나다니.' 보잉 737 기종의 비행기가 나쁜 것은 아니었지만, 소형기를 건너뛰고 바로 대형기 기장이 될 수 있는 기회를 놓친 것은 매우 아쉬웠다. 문제는 그뿐이 아니었다.

B737 기종으로 기장 승격 훈련을 받았던 A330 출신 선배 조종사들은, 어떤 이유에서인지 대부분 훈련이 순조롭지 못했다. 그러다 보니, 737 기종 내에서는 330에서 내려

온 기장 승격자들에 대한 시선이 곱지 않았다. 곧 같은 훈련을 앞둔 나로서는 꽤 신경 쓰일 수밖에 없었고 동시에 자존심도 상했다.

사실, 고도로 자동화되어 있고 여러 면에서 보잉과 차이가 있는 A330에 익숙해진 조종사가 갑자기 B737 기종에 적응하는 것은 그리 쉬운 일이 아니었다. 마치, 자동 변속기와 첨단 장비를 갖춘 최신형 세단을 타던 사람이, 갑자기 수동 기어에 자동 기능이 거의 없는 기본형 경차를 타는 느낌이었다.

나는 친한 선배를 통해 훈련 입과 약 3개월 전쯤에 737에 관한 각종 매뉴얼을 미리 입수했다. 원래 어떤 일이든 미리 준비해야 마음이 안정되는 성격이었고, 무엇보다 A330 조종사에 대한 편견을 깨고 싶었다.

그렇게 입과 전 3개월 동안, 쉬는 날마다 737 매뉴얼을 정독하며 기장 승격 훈련을 위한 '몸 만들기'에 열중했다. 기장 승격 훈련의 첫 과정인 지상 교육에 들어갔다. 수업 초반, 교관의 첫 한마디가 나를 자극했다.

"○○○ 기장님, 330에서 오셨군요. 아시죠? 열심히 하셔야 합니다."

교관이 장난스럽게 한 말에 모두 웃었고, 나도 웃었다. 하지만 그 웃음은 단순한 기분 전환 이상의 의미가 있었다. 한 달 후 시작된 시뮬레이터 훈련에서는 미리 했던 '몸 만들기'의 효과를 확실히 느낄 수 있었다. 여러 번의 반복 학습을 통해 이미 대부분의 절차와 시스템에 익숙해졌고, 이착륙 등 수동 비행만 익히면 되는 상황이었다. 그렇게 마음이 안정되어서인지 수동 비행도 생각보다 빠르게 손에 익기 시작했다. 기분 좋게 모든 시뮬레이터 훈련을 마친 나는 마지막 과정인 비행 훈련에 들어갔다.

대형기는 소형기에 비해 모든 게 여유롭다. 조종실 준비 시간도, 승객 탑승도, 공중에서 하는 절차도 모든 것이 소형기에 비해 '넉넉한' 시간이 주어진다. 다시 소형기로 온 만큼 빡빡한 시간을 어떻게 효율적으로 쓰느냐가 우선 관건인 셈이다. 98년 부기장으로 탔던 소형기의 기억을 소환해 그런 비행 훈련도 꼼꼼히 준비했다.

1월 6일로 기억된다. 그날 비행 훈련의 첫 테이프를 끊었다. 아침 7시, 부산의 첫 편 비행을 위해 새벽 3시에 일어나 4시에 출근했다. 전날 내린 어마어마한 눈으로 인해 김포공항 주기장은 여기저기 눈더미로 가득했다.

온도는 영하 19도였다. 그런 환경에서는 조종사가 신경 써야 할 일이 많아진다. 다행히 눈이 더 이상 내리지 않는 것을 감사하게 생각했다. 무한 반복하듯 절차와 각종 시나리오를 연습했지만, 정작 왼쪽 기장석에 앉으니 머리가 하얘졌다.

대부분 항공사의 국내선 첫 편은 7시다. 우리 옆에는 출발을 준비하는 비행기들이 줄줄이 서 있었다. 마치 100미터 달리기 출발선에 쪼그리고 앉은 느낌이었다. 정신없이 김포를 이륙한 후, 드디어 김해공항에 첫 랜딩을 했다.

터미널로 택시(taxi, 지상 활주)하는 동안, 아쉬운 생각이 들었다. 당시 내 담당 교관은, 예전에 회사에서 함께 교육을 받으며 알게 된 선배 조종사였다.

"랜딩은 계속 그렇게만 해. 잘했어. 준비 많이 했구나."

첫 비행에 받은 과한 칭찬이었다. 일반적으로 교관들은 기장 훈련에 있어 칭찬에 인색한 편이다. 기분이 좋았다. 그런데 정말 기분 좋은 소리는 바로 이것이었다.

"너 근데 330 탄 거 맞냐?"

약 한 달 반의 비행 훈련은 별다른 이슈 없이 잘 마무리 되었다. 마지막 심사 비행에서는 국토교통부 심사관이 조종실 뒷자리에 탑승하였고, 우측석에는 보잉 737 검열팀 의 고참 교관이 부기장의 역할을 맡았다. 김포-울산 왕복 비행을 마친 후 터미널에 도착했다. 심사관은 별다른 브리 핑 없이 옅은 미소를 지으며 내게 악수를 청했다.

"수고했고, 기장이 된 걸 축하하네."

합격이었다. 드디어 나도 기장이 되었다.

새로운 비행을
시작하다

　2020년 1월 초, 중국에서의 마지막 비행을 마치고 나는 한국으로 들어왔다. 세 달간의 휴식을 가진 후, 새로운 항공사에 입사했다. 입사 전의 휴식은 달콤하기보다는 씁쓸했다. 한국에 들어온 지 한 달도 채 되지 않아, 지긋지긋한 코로나 시대가 시작되었기 때문이다.

　신생 항공사에게는 상상을 초월하는 치명타였다. 회사의 모든 직원은 극심한 스트레스로 힘들어했다. 대부분 경력직으로 '잘 다니던 회사'를 떠난 사람들이었다. 조종사들도 예외는 아니었다. 비행기는 아직 1대도 도입되지 않았지만, 대형기를 운영하는 항공사로서는 '30명의 기장' 확보가 필수 조건이었다. 그 인원들은 모두 외항사 출신으로, 이전에 같은 국내 ○○항공에서 최소 15년 이상 비행한 경험이 있었다. 일반직 직원들도 그랬지만 조종사 역시 코로나 훨씬 이전에 입사가 확정된 인원들이었다.

엎친 데 덮친 격으로, 보잉 사는 '737 맥스'의 연이은 사고로 드러난 결함 때문에 미국 FAA의 강력한 검열과 규제를 받고 있었다. 그 결과, 우리와 계약된 보잉 787 기종의 제작과 인도는 계속 지연되었다. 결국, 보잉에서 인도된 첫 787 비행기는 이듬해 4월에 우리 땅을 밟았다. 눈물이 핑 돌았다. 네이비 색상의 비행기 좌석도 멋졌으며, 세계에서 가장 넓은 이코노미 좌석이라는 기대도 컸다.

그렇게 새로운 곳에서 나의 비행이 다시 시작되었다. 김포-제주 국내선 시범 운항이 끝난 후, 본격적인 국제선 취항에 들어갔다. 장거리 노선을 목표로 했던 만큼 LA를 시작으로 운항이 이루어졌으며, 현재는 뉴욕, 샌프란시스코

등 미주 노선과 오슬로, 바르셀로나 등 유럽 노선, 그리고 몇몇 중단거리 국제선도 함께 운항 중이다.

초기 조종사 훈련과 노선 확장으로 인해 불안정했던 비행 스케줄과 과도한 비행 시간도 이제는 안정되고 있다. 어느덧 비행기는 7대로 늘었으며, 올해 말까지 9대로 확대될 예정이다.

이곳에서의 비행에는 몇 가지 특징이 있다. 규모가 아직 작기 때문에, 함께 운항하는 기장, 부기장, 객실 사무장, 정비사, 운항 관리사 등 운항 관련 직원들은 대부분 서로 잘 아는 사이이다. 브리핑 때부터 친근한 분위기가 조성되어, 비행 내내 마음이 푸근하다. 이처럼 좋은 동료들과의 관계는 안전한 비행에도 큰 기여를 한다고 생각한다. 늘어나는 인원과 새로운 사람들을 만나며 관계를 쌓는 것도 또 하나의 즐거움이다.

언젠가는 지금보다 훨씬 규모가 커지겠지만, 지금의 이런 즐거운 비행이 계속 이어졌으면 하는 바람이다.

chapter 5

조종사를
꿈꾸시나요?

조종사가 된 걸
후회한 적이 있다

소형기 부기장 비행 훈련을 받을 때의 일이다. 약 두 달 간 진행되는 비행 훈련은 담당 교관제였다. 그동안 익힌 절차와 개념을 실무에 적용하는 단계이기에, 초기 적응까지는 일관된 교육이 필요했다. 훈련이 절반쯤 진행된 이후에는 다른 교관들과도 돌아가며 비행하게 된다.

그 시절, 어떤 기종을 막론하고 부기장들 사이에는 '톱5'나 '톱3' 같은 '기장 리스트'가 존재했다. 훈련을 받는 학생 부기장들 사이에서는 더욱 민감한 부분이었다. 이 리스트는 함께 비행하기 껄끄러운 기장들의 명단이었다.

훈련이 중반을 넘어서던 어느 날, 다음 훈련 일정표를 확인하던 중 이상한 점을 발견했다. 담당 교관도 아닌데, 3번의 훈련 비행이 연달아 같은 교관과 예정되어 있었다. 이름 석 자를 확인하는 순간, 다리에 힘이 풀렸다.

신철수(가명) 기장. 당시 부기장들 사이에서 압도적 넘버원으로 통하는 교관이었다. '드디어 올 것이 왔구나!' 두 달에 걸친 훈련과 심사. 그 기간 동안 그를 한 번도 거치지 않고 훈련을 끝낸다는 건 무리한 희망이었다. 그렇지만 한 번도 아닌 연속 3번이라니. 해도 너무하다는 생각이 들었다. 그 스케줄을 본 순간부터 입맛이 떨어지고, 밤잠도 계속 설쳤다.

드디어 그와의 첫 비행 날. 훈련이 시작되기도 전 지상에서부터 멘탈이 무너지기 시작했다. 본사에서 만나 자료를 검토하며 브리핑을 하는데, 이미 그 단계부터 철저히 박살이 나고 있었다. 비행기에 도착하자 신철수 교관은 항공기 외부 점검을 위해 나갔다. 내 뒤에 추가로 탑승한 부기장 선배에게 푸념했다.

"선배님, 오늘 하루가 갈 것 같지 않습니다."

그날 우리는 오후 늦게까지 국내선 4편을 비행해야 했다. 하지만 시작부터 너덜너덜한 기분이었다. 비행 중에도 몇 대 얻어맞고, 무념무상의 상태로 하루를 마쳤다.

다음 날도 오전 비행, 그나마 다행히 한 번만 왕복하면 끝나는 울산 비행이었다. 하지만 두 번째 비행 역시 심한 잔소리 속에서 브리핑이 시작되었다. 이어 객실 승무원과의 합동 브리핑 시간. 신철수 교관이 이렇게 말했다.

"새벽부터 출근하느라 고생이 많아요. 하하." 조금 전까지 나한테는 무지막지하게 대하던 사람이 맞나 싶었던 것이다. 정말 실수를 크게 했거나, 지식적으로 부족한 부분이 있었다면 억울하지도 않았다. 목소리가 작다거나, 실수 같지 않은 실수를 트집 잡아 혼내는 게 그의 지적 대부분이었다. 물론 그렇게 혼나다 보면, 지나치게 긴장한 탓에 진짜 실수를 하게 되긴 했다. 합동 브리핑이 끝나고, 국내선 청사로 가기 위해 1층 승무원 버스 대기장소로 내려왔다. 5분 남짓 기다리는 동안, 조종사의 길을 택한 것을 처음으로 잠깐 후회해 봤다.

이 비행 에피소드를 다시 이야기하는 이유는 그 잠깐 동안의 '후회'가 유일한 기억이기 때문이다. 기초 비행 훈련을 시작했던 1996년부터 지금까지 27년 동안 수많은 에피소드가 있었고, 힘든 기억도 많다. 하지만 조종사의 길을 선택한 것을 후회한 적은 단 한 번도 없다.

개인적으로 가장 만족도가 큰 부분은 특수한 직업으로서의 감성적인 부분이다. 어디에서든 '기장'이라고 소개하면, 사람들은 신기한 눈으로 바라본다. "와, 기장님이세요?"하고 말이다. 동호회든, 동창 모임이든, 항상 비행기에 대한 질문을 받게 되고, 그러다 보면 어느새 대화의 중심이 되어 있다.

두 번째로 내가 좋아하는 이 직업의 장점은 생각보다 많은 휴식 시간에 있다. 물론 성수기 때는 다소 다르지만, 매일 출근하는 직장인들에 비해 확실히 휴일이 많다. 더구나 쉬는 날은 요일과 상관이 없기 때문에 조종사 가족들은 소위 빨간 날에 어디 가는 것을 별로 좋아하지 않는다. 이유는 간단하다. 일반 직장인에 비해 휴가 신청이 자유롭고 눈치 보는 것 없이 자유롭게 휴가를 쓸 수 있다. 물론 명절이나 연말연시 등 신청이 몰리는 때는 거절되기도 하지만.

세 번째 장점은 아무래도 급여가 아닐까. 막연하게 상상하는 '엄청난 연봉'까지는 아니지만, 비슷한 또래 직장인들과 비교하면 확실히 높은 편이다. 30대 중반까지는 동창들 중 가장 높은 연봉을 받았다. 이후 금융권이나 특수 전문직 친구들이 앞서기 시작했지만, 조종사로서의 안정적인 소득은 여전히 만족스럽다.

마지막으로, 내가 느낀 만족감은 여행에 있다. 가장 흔한 항공사 직원의 특혜다. 조종사나 승무원 가족에게는 일반 직원보다 더 많은 혜택이 주어진다. 나는 여행을 무척이나 좋아하는 아내와 결혼했다. 부기장 시절부터 괜찮은 노선이 나오면, 가족 항공권을 끊어 함께 떠났다. 그렇게 하면 호텔비도 들지 않는다. 일반 여행이라면 보통 '레이트

체크아웃'(late checkout)이라고 해서 추가적인 비용이 나가지만 그런 비용도 들지 않는다. 게다가 조종사만을 위한 '부부 동반 여행'이라는 특혜도 있다. 일부 대형사에서만 제공되는 혜택이지만, 1년에 한 번 3박 정도의 호텔과 체류비까지 조금 지원된다.

하지만 어떤 일이든 장점만 존재하지는 않는다. 이처럼 장점이 많지만, 단점도 적지 않다. 가장 큰 단점은 생각보다 몸이 힘들다는 점. 사람들은 종종 이렇게 비꼬듯 말한다. "앉아서 자동으로 해놓고 가면서 뭐가 힘들다고 난리냐. 좁은 이코노미에서 꼬박 12시간을 가는 승객도 있다." 이런 이야기를 들으면 안타까운 생각이 든다. 어떤 직업이든 보이는 부분만으로 그 직업을 평가한다는 너무 가벼운 생각이지 않을까 싶은 것이다. 늘 달고 사는 시차 적응 문제, 잠이며 식사며 모든 게 불규칙하고 기내에서 쉬는 공간 또한 키가 작은 나에게조차 너무 불편하다. 오랜 시간 전자파와 방사능에 노출되는 부분 역시 조종사의 몸을 해치는 요소가 된다. 그 외에도 이야기하지 못한 여러 이유로 조종사의 몸은 늘 피곤한 상태라고 보면 된다.

또 다른 단점이라면 장점과 상충이 되는 이야기이기도 하다. 물론 조종사뿐 아니라 승무원도 해당이 된다. 바로 명절이나 가족과 함께할 중요한 날에도 비행을 해야 한다는 것. 특히 설날, 추석, 크리스마스 같은 성수기에는 집에 있기조차 어렵다.

결론적으로 말하면 조종사로 산다는 것은 단점에 비해 장점이 훨씬 많다. 전체적인 만족도를 점수를 준다면 나는 95점 정도를 주고 싶다.

조종사의
자격이란

　민항 조종사가 되려면 어떤 자격이 필요할까. 조종사가 되기 위해 필요한 자격을 간단히 정리하면 비행 면허, 영어 자격, 항공 신체검사증, 그리고 통신 면장 정도가 있다. 이런 자격들 중 제일 우선적으로 체크해야 할 사항은 바로 신체 조건이 적합한가 하는 점이다. 단순히 시력이 좋고 나쁨의 문제가 아니라, 항공 신체검사는 일반 건강 검진과는 달리 여러 부분에서 꽤 세세한 검진이 이루어진다. 따라서 비행 학교 입학이나 항공사 진로를 먼저 준비하다가 신체검사에서 애매한 부분으로 인해 난감한 상황을 겪지 않도록 해야 한다. 특히 대형 항공사의 경우, 자체 항공의료원을 가지고 있고, 사설 검진 기관과는 다른 기준이 적용될 수 있다. 대형사를 목표로 하는 예비 조종사라면 반드시 그 부분에 대한 파악을 정확히 하고 접근해야 한다.

우선 체격 조건을 보면 딱히 제한을 두는 부분은 없지만 간혹 키가 문제 되기도 한다. 너무 커서 문제가 되는 경우보다는 작은 키의 문제가 더 많다. '객실 승무원'의 키 제한은 멋져 보이라고 있는 것만은 아니다. 기내 위쪽 가방을 넣는 공간인 오버헤드 컴파트먼트(overhead compartment, 머리 위 수납 공간)를 어려움 없이 열고 닫을 수 있어야 하기 때문이다. 조종사도 수행하는 업무 때문에 일정 키가 요구될 수 있다.

기장을 기준으로 조종사는 수동 비행 시, 왼손은 조종간을 잡고 오른손은 엔진 출력을 담당하는 스로틀 레버(throttle lever)를 잡는다. 그렇다면 양발은 어떤 역할을 할까? 브레이크? 그것도 물론 맞는 말이긴 하지만 자동차에는 없는 러더(rudder)라는 것이 비행기에는 있다. 수직 꼬리 날개. 민항기는 평상시 이 러더가 자동으로 작동을 하지만 비행 훈련을 하는 경비행기는 양발로 직접 작동을 시켜야 한다. 민항기 역시 하나의 엔진이 꺼지는 위험 상황에서는 직접 발로 러더를 작동시켜 비행기의 자세를 제압해야 한다. 매우 중요한 부분이기 때문에 조종사의 키 역시 고려의 대상이다. 얼마 이상이 되어야 한다는 제한은 없지만, 의자를 최대로 당기고, 러더 조작 페달도 앞으로 최대한 당기더라도 한쪽 발로 페달을 끝까지 밀어낼 수 있어야 한다.

내가 ○○항공 조종 훈련생 실기 전형을 할 때 한 여성 지원자가 있었다. 심지어 자비로 미국에서 비행 면허를 취득한 지원자였다. 키가 많이 작아 보였던 그 지원자는 결국 러더 페달을 끝까지 밀어낼 수 없어 탈락이 되었다.

비행 훈련은 큰 비용이 드는 과정이다. 아주 초기 과정부터 천만 원 단위로 돈이 들어간다. 그런 만큼 본인의 자질을 미리 파악하는 건 매우 중요한 문제다. 일반적으로 손재주가 좋고 눈썰미 있는 사람들이 비행 감각도 좋은 편이다. 비행 훈련 중 가장 탈락률이 높은 관문은 '솔로 비행'. 교관과 함께 비행을 시작하고 두 달 정도가 지나면 교관

없이 홀로 비행기를 조종해야 하는 순간이 온다. 내가 훈련을 받던 당시에도 선배 기수 중 한 명이 솔로 비행 허가를 받지 못해 결국 짐을 싸야 했다. 무턱대고 돈을 들여 시작하기 보다 미리 아주 적은 비용으로 본인의 감각을 확인해 볼 필요가 있어 보인다. 특히 본인이 평소 손재주가 무디고 눈썰미가 없는 편이라면 더더욱 사전에 체험해 보기를 권하고 싶다.

요즘은 개인 PC를 이용해 실제 비행에 가까운 느낌으로 조종이 가능한 프로그램들이 많이 있다. 비용도 20~30만 원 정도면 된다. 그게 아니라도 시뮬레이션을 체험하는 공간을 이용해 더 적은 비용으로 체험이 가능하다. 잠깐의 조종법 설명을 듣고 이리저리 조종간을 움직여 보면 본인의 감각을 기본적으로 확인할 수 있다. 만약 전혀 비슷하게도 되지 않는다면 조금 더 시간을 투자해 보고, 그래도 전혀 개선의 여지가 없다면 실제로 나중에 교관과 비행 훈련을 하더라도 어려움을 겪게 될 확률이 크다.

자격이나 자질만큼 중요하다는 생각이 드는 부분은 바

로 '덕목'이다. 모든 직업이 그렇듯 나에게 그 직업이 적합한가를 판단하는 건 정말 어려운 일이다. 그래서 아주 나중에 그 직업을 택한 걸 후회하기도 한다. 전문직으로 갈수록 그런 부분은 더욱 명확하게 차이가 난다. 내가 생각하는 조종사의 가장 중요한 덕목은 우선 강한 멘탈이다. 뜬구름 잡는 이야기 같기는 하지만 비행은 복잡한 환경이 빠르게 진행되는 업무이다. 게다가 악기상이나 시스템이 고장 나는 상황까지 고려하면 더욱 어려운 상황과 마주할 수 있다. 그렇기에 어떤 상황에서도 조종사는 올바르고 빠른 판단을 해야 한다. 조종사의 훈련, 특히 기장 승격 훈련에서 사소한 고장이나 예상치 않은 상황에서 쉽게 당황하거나 급격한 기량의 차이를 보이는 경우 탈락하는 경우가 적지 않다. 하지만 이런 멘탈적인 부분은 시간을 두고 훈련을 하면 어느 정도 극복할 수 있다. 본인이 조종사를 갈망하는데 이런 부분이 약하다고 생각된다면 충분한 시간을 두고 연습하기를 추천한다.

또한 민항기 조종사는 전투기 조종사와는 달리 두 명의 조종사가 비행을 한다. 그런 만큼 서로의 협조나 배려가 비행 안전에 매우 중요하다. 기장이 된 사람 중에는 그런 부분의 부족으로 문제를 일으키는 경우가 종종 있다. 과거 항공 사고가 난 사례들의 분석에서도 기장의 심각한 독단이 문제가 된 경우가 많았다.

이를 방지하기 위해 CRM(Crew Resource Management, 승무원 자원 관리), 말 그대로 운항시 최선의 결정을 하기 위해 가용한 모든 승무원의 지식과 기량을 이용한다는 뜻이다. 그 옛날 비행 안전은 조종사 각자의 비행 실력에 초점이 맞춰져 있었다면 현대 항공 안전은 CRM을 보다 더 강조한다. 조종실 내에 단 2명만이 근무를 하는 만큼 각자 가진 기량과 지식을 바탕으로 서로를 보완, 협력해야 한다.

마지막으로 조종사의 자질로서 한 가지 더 얘기하고 싶은 것이 있다. 바로 영어다. 조종사로서의 영어에 대한 '자격'은 EPTA(English Proficiency Test for Aviation)로 평가되며, 6개의 등급 중 4등급 이상을 따야만 민항 조종사가 될 자격이 갖춰진다. 그리고 4등급의 자격을 갖는다는 건 국제선 운항을 할 수 있는 최소한의 능력을 갖췄다는 것을 의미한다.

조종사와 관제사의 교신에는 사실 국제적으로 표준화된 절차가 있다. 모든 조종사와 관제사들은 그 표준화된 용어와 표현을 정확히 준수해야 한다. 교신은 내 영어 실력을 뽐내는 수단이 아니다. 간혹 영어권 조종사를 흉내라도 내듯 한껏 멋을 부린 교신을 하는 조종사를 보게 된다. 그건 멋지지 않을뿐더러 혼란만을 일으킬 뿐이다. 어쨌든 그 표준화된 절차를 충실히 적용하면 비행기가 출발지에서 문을 닫고 출발해서 도착지 게이트를 열 때까지 큰 문제 없이 운항이 가능하다. 그렇게 하려고 마련된 절차이다. 여기서 일부 조종사들이 간과하고 있는 부분이 있다. 교신할 때 반드시 그 표준 절차를 따라야 하는 것은 당연한 사실이지만 그 표준 절차 안에는 중요한 내용이 더 있다.

"표준 절차가 모든 상황을 커버할 수는 없으므로 그런 때를 대비해 구어체의 영어 능력도 키워야 한다."

이러한 구어체 영어 능력은 비정상 상황이 발생했을 때 더욱 명백하게 차이가 난다. 도와주려는 관제사의 이런저런 질문을 제대로 알아듣지 못하거나 내 의사를 명확히 표현하지 못해 지연이 생기기도 한다. 그런 지연은 곧 안전과도 직결된다. 비상 상황이 아니더라도 구어체 영어가 사용되는 때는 의외로 많다. 실제 국제선 운항을 하다 보면 자주 있는 일은 아니지만 가끔씩 구어체의 영어를 쓰는 일이 생긴다. 그 확률은 미국 등 영어권 나라를 운항하면 더욱 높아진다. 영어가 모국어인 그들은 쉽게 구어체 영어가 툭툭 튀어나온다. 국제 표준 절차를 쓰더라도 습관적으로 구어체 영어가 섞여 나오는 것이다. 때문에 비영어권 조종사들이 가끔 알아 듣는데 애를 먹기도 한다. 아쉬운 부분이지만 우리로서는 어쩔 도리가 없다.

영어를 강조하는 이유는 5등급이나 6등급을 따라는 얘기가 아니다. 또한 영어를 잘해 멋진 교신을 하라는 얘기는 더더욱 아니다. 비상시에 찰떡같이 알아듣고 명확히 내 의사를 표현하며, 그들이 구어체 영어를 섞어 쓰더라도 잘 이해하고 안전하게 비행하기 위함이다. 특히 조종사를 지망하는 학생이라면 조금만 더 영어에 관심을 가지길 바란다. 훗날 기성 조종사가 되어 영어권 나라에 갔을 때, 더욱 자신 있고 안전한 비행에 분명 큰 도움이 될 것이다.

조종사가
되는 법

　국내 항공사에 신입 부기장으로 취업하는 방법은 매우 많다. 하지만 어떤 것이 가장 확실한 방법이라고 못 박아 얘기하기는 어렵다. 각자 처한 상황이 다르니 비용 및 시간 등을 고려해 자신에게 최선인 방법을 찾아야 한다. 내가 조종사가 되려던 30년 전과는 많은 것이 변한만큼 최근 입사하는 신입 조종사들을 대상으로 알아본 자료를 근거로 '조종사 되는 법'을 소개할까 한다. 아울러 각 항공사의 기준과 업계 상황이 자주 변하므로 반드시 해당 기관에 문의해 가장 '최신의 정보'로 재차 확인할 것을 꼭 당부드린다.

가장 먼저 자신이 희망하는 항공사를 확실히 정할 필요가 있다. 크게는 대형사와 저비용 항공사. 많은 사람이 "당연히 대형사가 더 좋은 선택 아니냐?"라는 의구심을 갖겠지만 회사마다 장단점은 분명하다.

대형사의 장점은 지난 코로나를 겪으며 검증된 안정성, 풍부한 복지 혜택, 다양한 기종 경험 등을 들 수 있겠다. 저비용 항공사의 특징으로는 낮은 비행 시간 요구량, 대형사 대비 빠른 기장 승격의 기회, 비교적 가족적인 비행 분위기 등이다. 예전에는 대형사 급여가 상대적으로 높았지만 최근 경향으로 보면 급여 자체는 양쪽에 별 차이가 없는 수준이다. 상황에 따라 저비용 항공사의 급여가 오히려 높은 경우도 종종 있다. 특히 중국 등 외항사 진출을 생각하고 있는 예비 조종사들에겐 대형사보다 저비용 항공사가 나은 선택이 될 수 있다.

이제 각 항공사에서 신입 부기장에게 요구하는 비행 시간 기준을 살펴보자.

1,000시간	대한항공, 진에어
300시간	아시아나항공, 제주항공, 에어프레미아
250시간	티웨이항공 및 에어부산을 비롯한 기타 LCC 모두

비행 훈련 기관

민항 조종사는 크게 민간 출신 조종사와 군 출신 조종사로 나뉜다. 그만큼 군 조종사로 전역한 자원의 민항 입사가 꽤 많은 편이다. 항공사별 특징도 그러했듯 이 두 출신의 과정 역시 뚜렷한 차이를 보인다.

먼저 민간 출신 조종사의 장점은 군 출신 대비 훨씬 적은 나이로 민항 조종사가 된다는 점이다. 또한 군 출신 조종사들이 갖게 되는 훈련의 리스크, 장기 군 복무로 인한 정신적, 신체적 피로 등을 배제할 수 있다. 반대로 군 경력 과정의 큰 특징은 거의 들지 않는 훈련 비용, 그리고 일단 의무 복무를 마치게 되면 대형사를 비롯해 민항사에 취업할 확률이 다른 민간 출신 과정에 비해서는 높은 편이다. 코로나 이전 조종사가 비교적 부족하던 시절에는 양대 대형사에서 서로 '모셔 가기' 경쟁을 했을 정도였다.

항공운항학과

국내에는 항공대, 한서대를 비롯해 많은 대학이 항공운항학과를 운영 중이다. 다만 이런 학교들의 장점이던 자체 훈련 과정이나 항공사들과의 MOU 등이 변동되거나 아예 취소되면서 예전보다 합격률은 다소 낮아졌다는 이야기도 있다. 더구나 아직 업계가 완벽히 살아나지 않은 점을 고려하면 졸업 후 조종사가 아닌 다른 진로를 생각하기 어려운 점은 단점으로 보인다. 하지만 다른 '플랜B'를 고려하지 않고 무조건 조종사가 되고자 하는 예비 조종사라면 다른 사설 과정에 비해 비용이나 기간, 합격 확률 등에 있어 다소 유리하다 볼 수 있다. 대표적인 두 곳의 세부적인 특징을 정리하면 다음과 같다.

* **한국 항공대학교**

APP 과정	
지원 자격	운항학과 재학생을 비롯한 일반대 졸업자
예상 기간 및 비용	약 2~3년 / 약 2억 원
특징	− 1,000시간의 비행 시간으로 대한항공 지원 가능 − 운항학과 재학생은 4학년 때 훈련 시작해 일반대 졸업자 대비 1년 단축

UPP 과정	
지원 자격	운항학과 재학생을 비롯한 일반대 졸업자
예상 기간 및 비용	약 1.2~1.5년 / 1~1.5억 원
특징	– 250, 300시간 확보로 LCC 지원 가능 – 운항학과 재학생은 졸업전 PPL 취득 후 울진/미국에서 나머지 과정 수료 – 일반대 졸업자 전 과정 울진/미국에서 수료

* **한서대학교**

재학생 일반 과정	
예상 기간 및 비용	4년(대학 과정) + 6개월(타임 빌딩) / 1억 초반
특징	– 등록금/실습비가 포함되어 타 과정 대비 낮은 비용 – 모든 비행 훈련 과정 중 가장 적은 나이에 민항(LCC) 지원 가능
교관 과정	
지원 자격	운항학과 재학생
예상 기간 및 비용	4년(대학 과정) + 1.5년(교관) / 약 1억(교관 급여 포함)

특징	– 1,000시간으로 대한항공 지원 가능
	– 항공대 APP 과정 대비 기간과 비용 낮음
	  (합격률은 APP과정이 다소 우위라는 일부 조종사들의
	  의견이 있음)

일반인 과정	
지원 자격	일반대 졸업자(17세 이상 지원 가능)
예상 기간 및 비용	약 1년 / 약 8천만 원

한국 항공 전문학교(한항전)

울진 비행장을 거점으로 훈련이 이루어지는 국토교통부 인가 조종사 양성전문기관이다. 여기엔 우선 일반대 졸업 자를 대상으로 하는 일반인 과정이 있다. 4년제 대학 졸업 생이라면 누구나 지원이 가능하다. 훈련 내용 및 기간, 비용 등은 앞서 언급한 항공대 UPP 과정과 대동소이하다. 이 과정을 통해 실제 항공사에 부기장으로 입사한 이들을 주변에서 적지 않게 보게 된다. 또한 이곳은 고등학교 졸업자들이 지원할 수 있는 과정이 있다. 3년의 과정으로 모든 비행 훈련을 마친다고 한다. 학점 운영제라는 제도로 일정 학점 이수를 하면 4년제 대학 졸업과 같은 학위를 준다고 알려져 있다.

일반인 (4년제 대학 졸업자)

현재 조금씩 각 항공사의 문은 열리고 있다. 하지만 코로나를 겪으며 아직도 많은 수의 예비 조종사들이 자리를 찾지 못하고 있는 실정이긴 하다. 그럼에도 불구하고 적지 않은 직장인 또는 일반대 졸업자들에게 조종사라는 직업이 관심을 얻고 있는 것도 사실이다. 비행 훈련이 길게는 2년 정도도 걸리기 때문에 그때 업계의 상황은 지금과는 또 다를 수 있다.

일반인에게 가장 유리하다고 알려진 과정은 아무래도 북미 쪽이다. 비행기 값에, 체류비에, 짧지 않은 타지 생활 등 어려움이 있음에도 그런 이유는 바로 날씨 탓이다. 우리나라에도 울진, 태안, 무안 등지에 비행장이 있다. 조종 훈련의 첫 관문인 '자가용 조종사'는 안개, 구름, 눈, 비등에 매우 취약하다. 애매한 날씨면 아예 비행을 나가지 못하는 경우가 상당히 많다. 그러니 날씨 좋은 미국에서 3~4개월이면 끝날 과정이 우리나라에서는 길면 1년을 넘기기도 한다. 만일 미국, 캐나다 등지의 사설 훈련 기관으로 예정을 하고 있다면 한 가지 팁을 주고 싶다. 수없이 많은 사설 기관이 있고 운영하는 비행기에 따라, 규모 및 인지도에 따라 비용도 꽤 차이가 난다. 이때 단지 비용만을 생각하지는 않기를 추천한다. 항공사에서 직접 양성을 하지 않으니 모집하는 과정에 지원자의 비행 훈련에 대한 '신뢰도'는 큰 영향을 줄 수 있다. 반드시 많이 알아보고 어느 정도 인지도가 있는 기관에서 훈련을 하기를 추천한다.

군경력 조종사

나는 민간 출신 조종사이다. 오랜 기간 대형사에 근무하며 함께 비행한 군 출신 동료들은 이야기한다.

"어지간한 사명감이 없으면 군 조종사로 버티기 쉽지 않다."

그도 그럴 수밖에 없는 것이 민간 조종 훈련보다 강도 높은 훈련이 많다 보니 중간에 탈락자도 많고 그만큼 강한 정신력과 체력을 요구한다. 더욱이 의무 복무 기간은 점점 늘어가고 있다. 공군사관학교 출신의 조종사는 15년을, 그 외 군 조종사는 13년의 긴 의무 복무를 해야 한다. 민항으로 넘어오면 나이가 벌써 얼추 40이다. 민간 조종사가 빠르면 20대 중후반에 민항에 들어오는 것과 큰 차이를 보인다. 물론 경력 조종사로 들어오기 때문에 기장 승격까지 걸리는 시간은 상대적으로 짧다. 그래도 어쨌든 최소한 40 중반을 넘어야 어깨에 네 줄을 달게 된다.

군 경력 조종사로 민항에 오는 가장 큰 장점은 비용이다. 거의 들지 않는다고 해도 무방하다. 과정으로는 공군사관학교, 항공대 한서대를 비롯해 항공운항학과를 운영 중인 대학의 공군 ROTC, 학사 장교, 조종 장학생 등이 있다. 다시 강조하지만 비용의 문제만으로 군 조종사 과정을 거쳐 민항으로 가겠다는 생각을 하고 있다면 한 번 더 신중히 고민하길 바란다.

항공업계는
앞으로

　현재 조종사를 꿈꾸고 있는 예비 조종사라면 이만큼 관심 가는 일도 없을 것 같다. 사실 코로나가 휩쓸고 간 상처는 생각보다 컸다. 그 이전부터 쌓여온 비행 낭인은 아직도 수천에 이른다. 그럼에도 속도는 아직 더디지만 분명 업계는 회복되고 있다.

　이미 미국에서는 조종사의 부족 현상이 다시 시작되었다고 한다. 미연방 항공청 FAA도 향후 20년간 조종사가 부족할 것임을 지적하고 있으며 여러 항공 전문 기관에서도 비슷한 분석을 통해 조종사 급여의 인상을 예견하기도 한다. 이를 뒷받침하듯 최근 뉴스에 따르면 세계 양대 민항기 제조사인 에어버스와 보잉은 늘어가는 항공기 주문량을 맞추지 못하고 있다는 이야기가 나온다.

이런 업계의 회복은 비단 미국에 그치지 않을 것이다. 현재 우리나라에는 11개의 항공사가 있다. 그중 많은 항공사들은 기단(보유 항공기 수)을 늘려가며 가까운 미래를 대비 중이다. 퇴직하는 기장들의 빈자리를 고참 부기장들이 채워갈 것이고, 그만큼 신규 부기장을 필요로 하는 항공사들은 늘어갈 전망이다. 다만 이러한 예측과 전망은 코로나와 같은 큰 악재가 다시 오지 않는다는 전제가 깔려있다. 미래의 일을 누구도 정확히 맞출 수는 없는 일이다. 현업에 있는 기장들 역시 의견이 분분하다. 그래도 업계 회복의 속도는 빨라질 거라 보는 낙관론자가 좀 더 많아 보인다.

최근 주말이면 인천 공항 각 출국 게이트에 예전에 보기 힘든 긴 줄을 보게 된다. 지난주 오랜만에 가족 여행을 나가는 길에 빠른 '스마트 출국'을 미리 신청했지만 아무 소용이 없었다. 여유 있게 공항에 나와 다행히 탑승하는데 문제는 없었지만 하마터면 예상치 못한 낭패를 볼 뻔했다. 그만큼 항공 수요도 꾸준히 상승세에 있다는 얘기다.

이렇게 전반적인 업계 분위기를 전했지만, 조종사를 꿈꾸는 예비 조종사의 업계 선배로서 해줄 수 있는 조언은 항상 '중립적인 의견에 귀를 기울여라'이다. 각종 비행 학교나 유학원에서 내세우는 자료는 아무래도 업계의 긍정적인 뉴스만을 전하게 된다. 그리고 일단 결심을 하고 비행 훈련을 시작했다면 업계를 흔들만한 큰 이슈가 아닌 이상 훈련에 집중해 비용과 시간을 절약하도록 노력하길 바란다. 본인의 노력과 집중도에 따라 훈련 시간이 길게는 1년 이상 차이나기도 하며, 그에 따른 비용도 당연히 늘어나게 된다. 업계가 완전히 회복되고 조종사 부족이 심각한 날이 분명 다시 오겠지만, 그전까지는 보다 빠른 정보 수집과 스마트한 대처가 요구된다.

조종사로서 받는 질문 중에는 AI와 자율 비행에 대한 것도 많다. 그러니까 내가 준비해서 부기장으로 입사를 할 때 과연 조종사라는 자리가 남아 있겠냐는 질문이다. 과학 기술의 발달은 꽤 빠른 편이다. 요즘 부쩍 AI에 대한 관심이 높아지고 있는 것도 사실이다. 샌프란시스코 시내에는 많은 빈 택시들이 다니고 있다. 정말로 텅 빈 택시. 즉, 기사가 없는 자율 주행 택시 얘기다. 보고 있노라면 살짝 소름이 돋기도 한다.

하지만 아직은 제한된 도심 지역 내에서만 운행하는 것으로 알려졌다. 실제 '손님'이 탑승한 차를 보기도 쉽지는 않다. 많은 연구와 시험 주행이 이루어지고 있지만 평면을 다니는 자동차 조차 완전한 자율 주행은 꽤 멀어 보인다. 비행기는 엄청난 속도로 하늘과 땅을 넘나드는 녀석이다. 게다가 운항에 고려해야 할 변수는 자동차의 그것과는 비교가 되지 않을 정도로 많다. 하늘은 차치하고도 땅 위를 천천히 이동하는 지상 활주조차 자동화의 기미가 아직 보이지 않는다. 비행기의 이륙이 간단해 보일 테지만 실제 그 과정 안에는 매우 많은 변수들이 있다.

조종사의 눈과 몸, 머리로 판단해 순간적으로 이륙을 포기해야 하는 경우도 있고, 때에 따라서는 강제로 부양을 시켜야 하는 비상 상황도 있다. 더 어려울 것 같은 '자동 착룩'은 꽤 오래 전부터 행해지고 있지만, 자동 이륙 기능이 아직 탑재되지 못하는 이유이다. 그 외에도 운항 중 조종사의 판단과 경험이 요구되는 부분이 너무나 많다.

현재 자율 비행에 대해 가장 공격적으로 뛰어든 곳은 유럽의 에어버스 사. '드래곤 플라이'로 불리는 프로젝트로 자동 이륙을 비롯한 항로에서의 여러 가지 변수를 테스트 중이다. 미국에서도 경비행기를 이용한 무인 화물기 등이 시험 중에 있고 원격 조종 및 프로그램을 통한 자동 비행이 가능하다고 한다.

그 언젠가는 대형 민항기에도 조종사가 완전히 없어지는 날이 분명 올 것이다. 하지만 지금 현직 조종사로서 "조종사가 머지않아 조종실에서 쫓겨나겠는가?"라는 질문을 받는다면 내 대답은 'NO'다.

지금
학생이신가요?

당연할 수 있는 말이지만 현재 내가 운영하고 있는 유튜브 채널에는 대부분 항공에 관련된 영상들이다. 그리고 중학교, 고등학교, 심지어 초등학교에 재학 중인 학생 시청자들도 있다. 그리고 구독 버튼을 누른 학생들 중 적지 않은 수가 조종사를 꿈꾸고 있다.

댓글을 통해 받게 되는 질문들은 다양하다. 진로에 대한 고민도 있고, 앞으로 업계의 전망, 조종사라는 직업이 갖는 장점이나 단점 등등. 사실 누구나 본인이 원하는 걸 쉽고 빠르게 얻고자 한다. 조종사를 꿈꾸는 예비 조종사들도 그건 마찬가지인 것 같다.

"가장 확실한 조종사 되는 방법은 무엇인가요?"

정말 많은 학생들로부터 받는 질문이다. 시간도 짧고, 비용도 적게 들면서 확률이 가장 높은 방법은 무엇일까? 그런 마법 같은 방법은 아쉽게도 없다. 조종사가 되는 방법이 아주 많듯 실제로 오랜 기간 내가 만나본 조종사들은 굉장히 다양한 과정을 통해 그 자리에 서 있었다.

"나는 건강한 신체에 돈도 아주 많고, 학업 성적이 매우 뛰어나며, 또 시간적 여유도 많다."

이런 조건을 모두 갖춘 사람이 과연 얼마나 될까? 뭐든 그렇듯이 내가 가지고 있지 않은 부분을 보상하기 위해서는 피나는 노력을 해야 한다. 당장 마련할 돈과 시간은 내가 지금 노력한다 해도 어찌할 방법이 없다. 나이가 너무 많다던가, 항공 신체 검사를 통과할 수 없는 신체상의 문제가 있다던가. 나이나 신체 조건이 애매하게 걸쳐있는 지망생의 고민스러운 질문도 많아 그럴 때면 안타까운 마음이 들기도 한다.

그런데 지금 중고등학생의 신분이라면 조금 이야기가
다르다. 선천적인 신체의 문제가 아니라면 조종사가 될 수
있는 가능성이 가장 큰 그룹이다.

'나는 가정이 넉넉하지 못해 조종사 훈련비용을 마련할
수 없다.' 이런 극단적인 사례에서도 자신의 노력 여하에
따라 얼마든지 조종사가 될 수 있다. 앞서 얘기했듯 공군
사관학교를 들어가 군 조종사가 된 후 민항으로 넘어오는
길은 험난하고 길다. 그렇지만 단 한 푼의 돈 없이 갈 수 있
는 과정이며 전역 후 민항으로 갈 수 있는 확률도 상당히
높다. 중고등학생들이 가장 듣기 싫어하는 진부한 조언이
겠지만 조종사 선배로서 꼭 해 주고 싶은 얘기가 있다.

"지금 학생이십니까? 그리고 조종사가 되고 싶으신가
요? 그렇다면 지금 조종사가 되는 좋은 방법을 찾기보다
학업에 정진하시기 바랍니다. 어차피 고등학교를 졸업하
기 전에 여러분이 민항 조종사가 되는 길은 없습니다. 항
공운항학과를 지망하든 공사나 ROTC를 원하든 조금이

라도 민항 조종사가 될 확률이 높은 곳은 낮은 성적으로는 가기 어렵습니다. 혹시 모를 플랜B를 위해 일반학과를 지원할 분들도 계시죠. 여러분의 높은 성적은 혹시나 조종사가 되지 못하더라도 또 다른 멋진 직업을 가질 기회를 부여할 겁니다."

이는 비단 나만의 개인적인 생각은 아니다. 신입 부기장으로 입사하는 조종사들은 입을 모아 이야기한다. "성적이 좋을수록 선택의 폭도 넓어진다." 정말 조종사가 꿈이라면 일단 모든 힘을 다해 공부했으면 한다. 원하는 만큼 성적을 올리고 나서 방법을 찾아도 전혀 늦지 않다. 지금 내 성적에 맞는 방법을 찾는 것보다 좋은 성적을 만들어 가장 유리한 방법을 찾는 것이 조종사가 되는 가장 현명하고 쉬운 길이다.

⊙ **에필로그**

글을 마무리하면서 독자분들께 꼭 드리고 싶은 말씀이 있어 전해본다. 생각보다 많은 사람이 비행기 타는 걸 두려워한다. 이른바 '비행 공포증' 바로 난기류에 대한 두려움이다.

"난기류 너무 무서운데 정말 괜찮나요?"

조종사로서 가장 많이 받는 압도적 1위의 질문이다. 예측이 가능한 때는 조종사도 미리 안전벨트 스위치를 켜고 대비한다. 적도 부근을 비행하는 경우 지역 특성상 열대성

272

구름을 많이 만나게 된다. 기상 레이더로 대부분 위험한 구름을 피해 가지만 가끔 주변까지 영향을 미칠 때 안전벨트 스위치는 켜져 있다. 그리고 같은 항로를 앞서간 조종사가 관제 기관에 보고하는 PIREP(Pilot Report, 조종사 보고)라는 것이 있는데 정확도가 높은 편이라 그런 보고를 전달받은 경우에도 미리 켜는 편이다.

문제는 청천난류라고 하는 녀석이다. 영어로는 CAT(Clear Air Turbulence, 맑은 하늘에서 발생하는 난기류). 민항기가 주로 다니는 고도에 많이 분포된 제트기류의 영향으로 주로 발생을 한다. 당연히 눈에 보이지도 않고 정확한 예측이 매우 힘들다. 그런 제트기류의 분포를 예보하는 기상 정보가 있으나 지역이나 해당 시간이 광범위하다. 그러니 자료는 참고로만 사용되고 그걸 기반으로 안전벨트 사인을 2~3시간씩 켜놓는 조종사는 이 세상에 없다.

최근 민항기는 과학 기술의 결정판이라 해도 무방하다. 동체 및 날개는 과거에 비해 몇 배는 더 튼튼해졌고 2개로 줄어든 엔진의 신뢰도 역시 예전 것들과는 비교 불가다.

다시 말해 난기류로 인해 비행기에 치명적인 손상이 올 확률은 거의 없다는 얘기다. 순항 중에 비행 교대를 하고 객실로 와보면 안전벨트를 하지 않은 채 잠을 자거나 영화 보는 승객들을 많이 보게 된다. 매번 하는 기장 방송에서도 강조를 하고 있다.

"갑작스러운 난기류를 대비해 좌석에서는 항상 안전벨트를 착용해 주십시오."

비행 공포는 단순히 난기류로 인한 '흔들림'이 무서워서가 아니다. 결국 이러다 추락이라도 하면 어쩌나 하는 우려에서 나오는 것이다. 난기류만으로 현대의 비행기가 추락할 일은 없다. 엄청나게 흔들려 조종실의 스위치를 잡지 못할 정도가 되어도 비행기는 잘 버텨준다.

밥 먹고 비행기만 타는 승무원이나 조종사들에겐 비행 공포증이란 없다. 왜일까? 그들은 잘 알고 있기 때문이다. 비행기가 튼튼하다는 걸 알고, 난기류로 비행기가 추락할 일이 없다는 걸 알기 때문에. 내가 이착륙 담당이 아닌 비행에선 순항 근무가 끝난 후 보통 객실에 있게 된다. 비행기가 착륙을 하고 나면 가장 먼저 듣게 되는 소리가 있다. "탁탁탁…" 여기저기서 안전벨트 푸는 소리다.

비행기는 지상에서 시속 20~60km의 속도로 이동을 한다. 그리고 지상 이동 차량이나 기타 이유로 인해 급정지를 하는 경우도 있다. 안전벨트를 하지 않은 상태라면 앞으로 튕겨나갈 수 있는 속도다. 술자리에서 친한 친구 녀석이 얘기했다. "착륙하고 나면 안전벨트 안해도 돼. 내가 많이 타봤는데 그럴 일이 없어. 그리고 끝까지 메고 있으면 좀 촌스럽잖아 하하." 나는 그 녀석의 등짝을 후려쳤다. 잠시의 답답함으로 풀어버리기엔 그 얇은 벨트의 역할은 너무나도 크다.

조종사, 참 멋진 직업이다. 민항기 기장은 수백 명의 승객을 안전하게 모시는 최종 책임을 맡고 있다. 그 중책을 수행해 주는 민항기란 녀석도 참 대단하다. 민항기는 10시간 이상을 쉬지 않고 날아 도착하면 두어 시간만 휴식을 취하고 또 10시간이 넘는 여정에 오른다.

항공사가 비행기를 너무 혹사하는 것 아니냐고 묻겠지만 민간 상업용 비행기는 그렇게 쓰게끔 설계가 되었다. 전 세계 모든 항공사의 비행기는 지금도 그렇게 날아다니고 있다. 과학의 발달이 가져온 자동화와 높은 장비 신뢰도로 조종실에는 지금 2명의 조종사만 남아 있다. 그 옛날의 조종사가 야구 선수처럼 운동장을 뛰었다면, 현대의 조종사는 감독 겸 선수라고 할 수 있다. 실전에서 뛰는 능력뿐 아니라 비행 전반에 걸쳐 여러 가지 것들을 지휘, 감독해야 한다. 내가 부기장 때 어느 고참 기장이 내게 해 준 말이 생각난다.

"비행은 하나의 예술 작품이야. 이륙부터 순항, 착륙까지 모든 과정이 아름다워야 해."

기장이 되고 나서 그 말이 마음에 깊이 와닿았다. 어쩌면 승객이 탑승을 하는 그 순간부터 그 작품이 시작되는지도 모르겠다. 승객에게 하는 방송 한마디도 사소하지 않다. 지연이 되어 짜증이 나는 순간에, 심한 난기류가 계속되어 두려운 순간에 승객의 마음을 풀어주고 안심을 주는 건 바로 조종사의 기내 방송이다.

문을 닫고 출발해 목적지에 착륙을 하면 하나의 비행은 완성된다. 조종사로서 가장 뿌듯한 보람을 느끼는 때는 바로 도착 후 승객들이 하기를 하는 순간이다. 장거리 비행에 지친 몸이지만 얼굴에 미소를 품고 내리는 승객들을 보노라면 선수 겸 감독으로서 훌륭한 경기를 치른 듯 스스로 대견함을 느낀다.

28년 차 조종사지만 가끔 비행기를 보고 나도 놀랄 때가 있다. 승객 하기가 끝나고 조종실 밖을 나서면 보이는 수백 석의 빈 좌석. 지상 이동을 하다 커다란 비행기가 이륙하는 모습에. '와, 저렇게 큰 비행기가 어떻게 날아다닐까?'

나는 그런 사람이다. 저런 큰 비행기를 몰고 다니는 민항기 조종사.

나는, 파일럿

캡틴 JK의 진짜 조종사 이야기

1판 1쇄 인쇄 2025년 5월 12일
1판 1쇄 발행 2025년 5월 20일

지은이 김지웅
펴낸이 안종남

펴낸 곳 지식인하우스
출판등록 2011년 3월 31일 제 2011-000058호
전화 02-6082-1070
팩스 070-7966-0156
전자우편 jsinbook@naver.com
블로그 blog.naver.com/jsinbook
페이스북 facebook.com/jsinbook
인스타그램 @jsinbook_official

ISBN 979-11-90807-33-3 03810